青少年成长必读
青春励志故事丛书

彩图版
李 建◎主编

# 点石成金的
# 财富故事
## CAIFU GUSHI

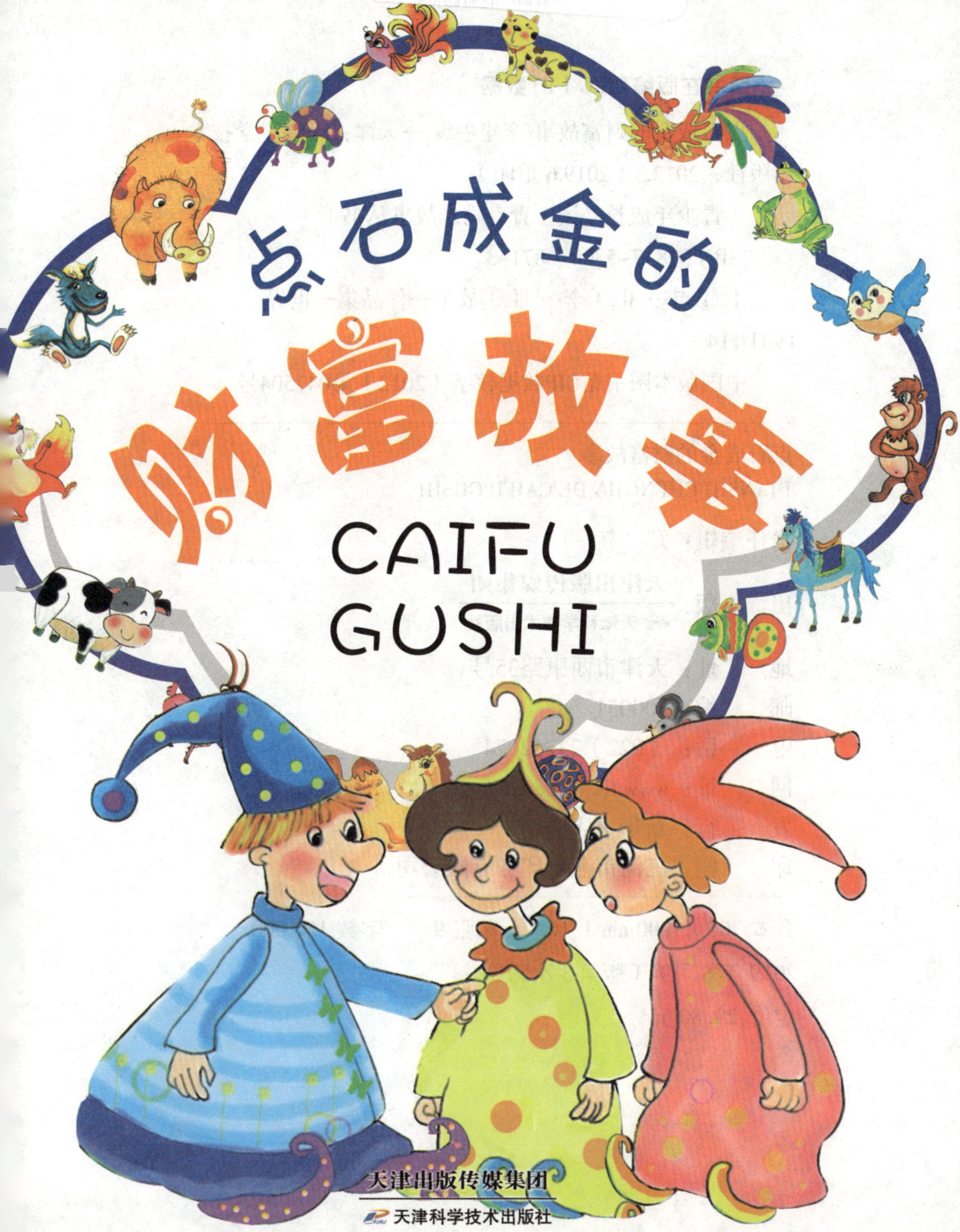

天津出版传媒集团
天津科学技术出版社

### 图书在版编目(CIP)数据

点石成金的财富故事/李建主编.—天津：天津科学技术出版社，2012.3（2019.6重印）

（青少年成长必读·青春励志故事丛书）

ISBN 978-7-5308-6871-3

Ⅰ.①点… Ⅱ.①李… Ⅲ.①故事—作品集—世界 Ⅳ.①114

中国版本图书馆CIP数据核字（2012）第047504号

---

点石成金的财富故事
DIANSHI CHENGJIN DE CAIFU GUSHI

责任编辑：郑　新

出　　版：天津出版传媒集团
　　　　　天津科学技术出版社
地　　址：天津市西康路35号
邮　　编：300051
电　　话：（022）23332674
网　　址：www.tjkjcbs.com.cn
发　　行：新华书店经销
印　　刷：三河市燕春印务有限公司

开本 700×1000mm 1/16　　印张 9　　字数 150 000
2019年6月第1版第3次印刷
定价：29.80元

# FOREWORD
# 前言

　　记忆中那些美好的故事，曾经深深打动过多少心灵，成为我们成长中不可或缺的元素。那些充满了智慧与哲理的寓言故事是我们成长中最美的回忆。

　　寓言故事历史悠久，源远流长。它经常运用拟人化的手法，赋予各种各样的动物、植物以人的思想，给人以深刻的警示和启迪。在这套书里，我们精心挑选了六种类型的寓言故事，分别是知识、美德、情商、谋略、激励和财富。这套寓言故事不仅是向少年儿童灌输善恶美丑观念的启蒙教材，而且是一本生活的教科书。相信小朋友们在阅读的同时，既能得到文学的熏陶，又能得到心灵的启迪。

　　为了便于小朋友们的理解，我们为每则寓言都配上了精彩的图片，相信一定会让你爱不释手。还等什么呢？快快翻开本书吧，和我们一起走进美妙的寓言世界！愿我们把快乐和感动带给成长中的小朋友们。

# 目录 CONTENTS

| | |
|---|---|
| 老人的睿智 | 6 |
| 老僧与年轻人 | 7 |
| 两马克 | 8 |
| 比宝石更珍贵的东西 | 10 |
| 富翁与乞丐 | 11 |
| 两位神仙与两个乞丐 | 12 |
| 老国王与年轻人 | 14 |
| 一天时间 | 15 |
| 富翁与渔夫 | 16 |
| 生命与钱 | 18 |
| 最不值钱的是钱 | 19 |
| 哥俩分匾 | 20 |
| 一分钟和一千万美元 | 22 |
| 宝坛里的秘密 | 23 |
| 炼金术 | 24 |
| 抽 水 | 26 |
| 锁匠的徒弟 | 27 |
| 一贫如洗的穷人 | 28 |
| 钓鱼的学问 | 30 |
| 水塘鱼会 | 31 |
| 模 仿 | 33 |
| 等候春天 | 34 |
| 谁是富翁 | 36 |
| 三个灵魂的选择 | 37 |
| 智者和愚者 | 38 |
| 蒙难的弟弟 | 40 |
| 被魔鬼战胜的村长 | 41 |
| 比 腿 | 44 |
| 一条新裙子 | 45 |
| 捉火鸡 | 46 |
| 两只狼 | 47 |
| 农夫的女儿 | 48 |
| 移动金山的一生 | 50 |
| 发现金狮子的人 | 51 |
| 小鹿与干鱼 | 53 |
| 与人谋腿 | 54 |
| 乞丐与狗 | 56 |
| 农妇剪羊毛 | 57 |
| 穷汉子与金币 | 58 |
| 金币和鲜血 | 60 |
| 商人与儿子 | 61 |
| 帮 助 | 63 |
| 金色的东西 | 64 |
| 捡海螺 | 66 |
| 三个仆人 | 67 |
| 遗 产 | 68 |
| 遗 嘱 | 70 |
| 爸爸的礼物 | 72 |
| 没有鞋子的岛国 | 74 |
| 多拿一点 | 75 |

| | |
|---|---|
| 两只猴子挑水 | 77 |
| 有头脑的瘦猴 | 78 |
| 猴子和豹子 | 80 |
| 小猴与豆子 | 81 |
| 财富和成功 | 82 |
| 最短的财富格言 | 84 |
| 张玉和陈美 | 85 |
| 渔夫和宝石 | 86 |
| 波斯人的花园 | 88 |
| 捕鸟高手 | 90 |
| 倒霉的猎人 | 92 |
| 碰运气的工匠 | 93 |
| 不龟手之药 | 95 |
| 富商的儿子 | 96 |
| 狐狸的信息 | 98 |
| 酸葡萄 | 100 |
| 聪明的狐狸 | 101 |
| 邻人献玉 | 102 |
| 家有"宝玉" | 103 |
| 两兄弟与铁钉 | 104 |
| 等价交换 | 106 |
| 扫阳光 | 107 |
| 约翰和汤姆的选择 | 108 |
| 抉　择 | 110 |
| 悬崖边的金子 | 112 |
| 谷仓里的手表 | 113 |
| 宝　盒 | 115 |
| 第十个儿子 | 116 |
| 推销员与驼鹿 | 118 |
| 皮毛相依 | 120 |
| 钻石与石头 | 121 |
| 这哪是石头 | 122 |
| 温暖的石子 | 123 |
| 金锭和石头的区别 | 125 |
| 大亨与女孩 | 127 |
| 最好的消息 | 128 |
| 真正的美丽 | 130 |
| 小矮人们的力量 | 132 |
| 杀鸡取卵 | 133 |
| 渔夫和小鱼 | 134 |
| 大鱼与小鱼 | 136 |
| 老鼠与蚌 | 137 |
| 海马的梦 | 138 |
| 死海的故事 | 140 |
| 上帝与三个商人 | 141 |
| 渔夫和金鱼 | 142 |

# 老人的睿智

一位农夫快要离开人世了,他想让他的孩子同他一样勤劳地耕耘,他知道光凭说教是没办法让孩子们明白这个道理的,于是他就想了个办法。

他把孩子们喊到床边,说:"孩子们,我就要离开这个世界了。现在我告诉你们一件事,很多年以前,在咱们家的田地里埋藏了不少财宝,你们可以去挖,前提是要保证地里的庄稼获得丰收,这样才不会动了地气。"说完,老人就撒手西去了。

老人去世后,儿子们拿着各种农具来到田地里开始寻找财宝。可是,他们找了好多年也没有找到。但是在寻找的过程中,他们对耕种有了深刻的理解,懂得了如何培植土壤,如何选籽下种。更

勤劳和智慧是伴随我们一生的财富。

为重要的是,他们都懂得了父亲的良苦用心,只有智慧和勤劳才是自己真正的财富。

## 老僧与年轻人

有一个年轻人父母双亡,孤身一人,从小给地主家放牛,没有读过一天书。在他二十岁的时候,地主给了他自由,却没有给他一分钱。他十分愁苦,不知道下一步该怎样养活自己。

他来到了庙里,问一位德高望重的老僧:"我一无所有,该怎么办呢?"老僧说:"我给你一万两金子,换你的一只耳朵,你答应吗?"青年人坚决地摇头,说:"不答应。"

老僧又说:"我给你两万两黄金,换你一双脚,你答应吗?"青年人又摇头说:"我不答应。"

老僧继续问:"我用四万两黄金换你的双手,你答应吗?"青年人连连摇头,说:"我绝不答应。"老僧接着问:"那么我用十万两黄金换你的双眼,你答应吗?"青年人说:"无论用多少钱,我都不会答应。"

老僧说:"年轻人,你已经拥有了这么多财富,还有什么可发愁的呢?"年轻人思考了一会,终于醒悟。离开寺庙后,他用了十年时间学习经商之道,又花了十年时间办起自己的店铺,成了真正的百万富翁。

我们所拥有的许多东西都是比金钱更重要的财富。

## 两马克

**尤**利乌斯是一个画家,他画快乐的世界,因为他是一个快乐的人。不过没人买他的画,因此他想起来会有点儿伤感。

"玩玩足球彩票吧!"他的朋友们劝他,"只花两马克便可赢得很多钱!"于是尤利乌斯花两马克买了一张彩票,并真的中了彩!他赚了五十万马克。

"你瞧!"他的朋友都对他说,"你多走运啊!现在还经常画画吗?""我现在就只画支票上的数字!"尤利乌斯笑道。

尤利乌斯买了一幢别墅并对它进行了一番装饰:阿富汗地毯、维也纳框橱、佛罗伦萨小桌……尤利乌斯很满足地坐下来,他点燃一支香烟静静享受他的幸福。突然他感到好孤单,便想去看看朋友。他把烟往地上一扔就出去了。

燃烧的香烟躺在华丽的阿富汗地毯上……一个小时以后,别墅变成一片火的海洋。

朋友们很快就知道了这个消息,都来安慰尤利乌斯。"尤利乌斯,真是不幸呀!你现在什么都没有了。"

"什么呀?不过是损失了两马克。"

# 比宝石更珍贵的东西

**有**个云游四方的和尚,一天,他在荒山中捡到一块价值连城的宝石,随手就放在了口袋中。

又走了没多久,他碰到了一名奄奄一息的旅客。他停了下来,打开口袋,准备找些吃的东西来救活他,不料那块宝石却滚落出去。

> 良好的品德是比宝石更珍贵的财富。

旅客看到了宝石,就向和尚请求说:"一点点吃的东西只能延续我一时的生命,而有了这块宝石我可以一辈子高枕无忧了。师父,求你把这块宝石也送给我好不好?"

和尚毫不犹豫地说:"可以。"就把宝石递了过去。旅客吃了食物,恢复了体力,千恩万谢地告别了和尚转身上路了。

没过多久,他却

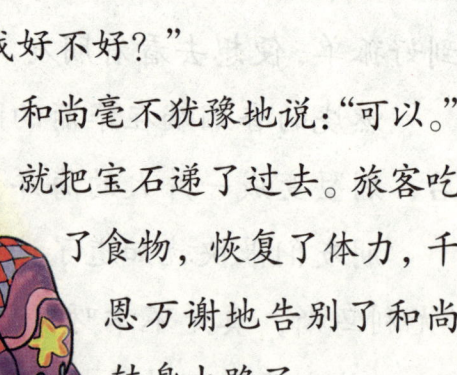

又转了回来，跪倒在和尚的面前说："师父啊，您给我食物，救活了我的生命；还给我了宝石，解决了我的生计。是什么让您毫不犹豫地就把宝石给了我，我想斗胆向您索要这比宝石更珍贵的东西。"

## 富翁与乞丐

有位富翁十分有钱，但却得不到旁人的尊重，他为此苦恼不已。一天他在街上散步时，看到街边一个衣衫褴褛的乞丐，心想机会来了，便在乞丐的破碗中丢下一枚亮晶晶的金币。

谁知乞丐头也不抬一下，富翁不由得生气地说："你眼睛瞎了？没看到我给你的金币吗？"乞丐说："给不给是你的事，不高兴可以拿走。"

富翁大怒，又丢了十枚金币在乞丐的碗中，心想他这次一定会向自己道谢。却不料乞丐仍是不理不睬。富翁暴跳如雷："我给你十枚金币，好歹你也尊重我一下。"乞丐懒洋洋地回答："尊不尊重你是我的事，这是强求不来的。"

富翁急了："我将财产的一半送给你，你该尊重我了吧?"乞丐说:"给我一半财产,那我不是和你一样有钱了吗?为什么要我尊重你?"富翁又说:"我将所有的财产都给你,这下你可否愿意尊重我?"乞丐大笑:"你将财产都给我,那你就成了乞丐,而我成了富翁,我凭什么来尊重你?"。

## 两位神仙与两个乞丐

从前有两位神仙,一个掌管机遇,一个掌管钱财。这天,他们闲来无事,便说起人间的贫富来。一个对另一个说:"老兄,你这位财神爷也太不公平了,为什么把人间搞得贫富不均。穷的吃不上饭,富的脑满肠肥呢?"

财神微笑着说:"老弟,不是我们不公平,而是你没有让他们抓住发财的机会。我即使把财富抛到他们身边,他们也得不到。"

掌管机遇的神仙不相信,财神就准备当场试一试。正好云端下有一座城池,城里有两个乞丐,他们扔下几个金元宝去,看那个乞丐能不能捡到。

　　财神的金元宝扔在一座小石桥上,这桥清早很少有人经过,只有两个乞丐马五和王六每日这个时辰要走过这座桥去城里乞讨,这时,两个乞丐又来到桥头,马五对王六说:"你我天天从这桥上走过,就是闭着眼睛也不会掉进河里。"

　　王六一听,便出了个主意:"既然这样,我们不如打个赌注。你我闭着眼睛跑过去。谁先到桥头谁就赢得十个铜板怎么样?"

　　"太好了,不过,你我还得把衣服脱下来包在头上用袖子系紧,这样谁都不能作弊,如何?"

　　马五连声称好,于是两个人脱下上衣光着膀子,各自把对方的头用衣服包了个严严实实,再用袖子系紧,然后同时朝桥的另一头跑去。他们蒙着眼睛从财神扔下的金元宝旁边喊着号子走过,却没有抓住这个发财的机会。

富有并不代表品德高尚,不能依靠财富来赢得他人尊重。

# 老国王与年轻人

一位身强力壮但身无分文的年轻人去拜见一位老国王,碰巧赶上国王生了一场大病。但国王还是召见了他,他们谈起了"什么是幸福"的话题。

年轻人说:"尊敬的国王,你是世界上最幸福的人,因为你富有。"国王说:"我觉得你是最幸福的人,因为你拥有人人羡慕的健康。""不,尊敬的国王,你有崇高的地位和巨大的财富,假如我能得到这一切,我愿意用自己的健康去换取。"年轻人说。

于是,他们便互换了健康与富有。得到了王位和财富的年轻人整天过着奢侈的生活,生活不节制,很快染上各种各样的怪病。谁也难以治好他的病,因为他压根儿不重视健康。

失去了王位和财产的国王，非常珍惜换来的健康，他凭着良好的体力，通过劳动慢慢积累了一点本钱，开了一间小吃店。

过了几年，那位年轻的国王不治而亡。而那位用财富换来健康的国王，凭借自己辛勤劳动和健康的身体，生意越做越大，幸福无比。

拥有健康的身体，就拥有了最大的财富。

## 一天时间

阿拉伯有个守财奴，他一生吝啬，积攒了很多钱。不料死神突然降临，要夺去他的生命。守财奴这才意识到自己没有好好享受过人生，他对死神说："我把我财产的三分之一给你，你卖给我一年的时间活着吧。"

"不。"死神的口气不容商量。

"那就把我财产的二分之一给你，我现在只求你给我半年的时间，总可以了吧？"守财奴恳求道。

"不行。"死神还是不同意。

守财奴有点着急了,说:"那……我把所有的财富都给你,你给我一天的时间行吗?"

"不行。"死神说完,走过来伸出手准备要结束他的生命。

守财奴绝望了,他向死神提出最后一个请求:"请你给我一分钟时间,我要写下遗嘱。"

死神这次同意了守财奴的请求。守财奴用颤抖的双手,艰难地写下一行字:"人们,请记住,你所有的财富买不到一天的时间。"

## 富翁与渔夫

一个富有的旅游者在举世闻名的海滩上晒太阳,他看见一个贫穷的渔夫也在这里悠闲地晒太阳,感到很不可思议,忍不住走上前去问他:"你为什么不去工作呢?"

渔夫答到:"我今天已工作过了,打上来的鱼已够我

财富的累积永不止境,不要为此而忘记了享受生活。

一天所用。"

旅游者听了感到很惋惜,他说:"那你可以多打一些鱼,多赚点钱啊。"

"要那么多钱干什么?"

"可以买更多的船,打更多的鱼……"

富翁继续想象:"还可以有自己的船队,然后建立远洋航运公司……最后当上百万富翁。"

"当上百万富翁又怎么样呢?"

"那时你就可以什么事都不用做,可以躺在世界最著名的海滩上晒太阳啊。"

渔夫哈哈大笑:"我现在不正在这里晒太阳吗?"

 # 生命与钱

几个人同乘一条小船过江。突然间刮起了风,江面上掀起巨浪,一个浪头打过来,小船很快就沉了。船上的人纷纷跳下水,奋力向前游去。

一个带着包袱的人喘着气,拼命划水,可是尽管他累得够呛,还是游得特别慢。他的同伴觉得很奇怪,就问他说:"咦,你一向非常擅长游泳,怎么这一次用尽全力,却还是落在后头呢?"

那人气喘吁吁地说:"我跳下水之前把包袱里的一千枚大钱取出来缠在腰里,特别沉重,所以游起来分外吃力。"

又过了一会儿,这个人越来越游不动了,眼看就有沉底的危险了。他的同伴为他着急,提醒他说:"你把钱解下来扔掉吧!"那人累得话也说不出来,只是拼命的摇了摇头。

后来那人实在游不动了,就快要沉下去了,而其他人都已经游到对岸。他们对他大声喊:

财富是不能换来生命的,没有什么比生命更重要。

"你怎么这么糊涂,眼看命都快保不住了,要钱还有什么用呢?"那人还是拼命摇头,怎么也不肯把钱丢掉。最后,他终于精疲力竭,和他的钱一起沉到了江底。

## 最不值钱的是钱

有一个牛头人身的神和一个人相遇,他们对关于这个世上什么东西最值钱的问题展开了激烈的争论。

"你们人类真是愚蠢,竟然以金钱来衡量一切,要知道在我们神的眼里,钱只是一个符号,它是最不值钱的东西。"牛头神说。

"你错了,如果你是人,你就能深切地体会到:没有钱想进医院看病,天使的脸不一定会对你露出温情;没有钱,你说话的底气肯定不足,你的腰板儿也不会硬朗,因为你无法在别人面前把胸脯拍得山响,说一声'离开钱,我同样能生存下去'。

的确,这

样的话你说不出口,即使你说出了口,也没有人听,因为"时间就是金钱,金钱就是一切"的社会观念,驱使人们都匆匆忙忙地想着法子去赚钱,肯定没有几个人会停下脚步,愿意去听你这个没有钱、讲话更不值钱的人废话。请问尊敬的神,听了这番话,你还有理由证明钱是最不值钱的东西吗?"

"当然,我仍然坚持自己的观点,不信,你拿钱去试试,看能不能买来良心、真情……"

## 哥俩分匾

有一位老人即将去世,把两个儿子叫到床前说:"我一辈子什么也没有存下,只有一块匾能给你们,希望你们能好好领会这匾上的两个字。"说完,老人就去世了。

哥俩一看,匾上写着"勤俭"两个字,哥哥说:"弟弟,匾只有一块,我们俩个怎么分呢?"弟弟说:"我看咱俩从中间锯开,一人一块。"

哥哥同意弟弟的办法,然后,哥俩就找来一把锯,把匾从中间锯开,哥哥要了"勤",弟弟要了"俭"。从此,哥俩便开始分家过日子。

"勤"和"俭"是一对好兄弟,只有勤俭持家,日子才会过好。

哥俩非常遵守祖训,但是哥哥每日辛勤耕作,却大手大脚,从不知节俭的生活。几年之后,依然是家徒四壁;弟弟则与哥哥正好相反,每天省吃俭用,却从不知勤劳耕作,结果也是坐吃山空。

哥俩眼见自己的生活愈来愈贫困,各自都领悟到了"勤"和"俭"缺一不可,于是决定把两块匾合在一起,并照着匾上的话去做。从此,哥俩开始勤俭持家,终于过上了幸福的生活。

# 一分钟和一千万美元

**有**个流浪汉整天做着发财梦。有一天,上帝来到他面前,说:"年轻人,我可以回答你两个问题,并满足你一个愿望,不过你要仔细想好了再问。"

流浪汉听了十分高兴,他想,发财的机会终于来了,他仔细想了一会问上帝:"一万年对你来说,是多长时间?"上帝回答说:"像一分钟。"

"那么一千万美元对你来说是多少钱?"流浪汉又问。"就像一美元。"上帝笑着说:"你的问题已经问完了,你想让我帮你实现什么愿望呢?""我的愿望非常简单,给我一千万美元吧,它对你来说只是一美元啊!"流浪汉兴奋起来。

上帝看着他,笑着说:"这太简单了,你只需要等我一分钟。"

流浪汉的眼神一下子暗淡下去,是啊,那对他来说可是一万年啊。

##  宝坛里的秘密

有个泥水匠快要离开人世时,叫来两个儿子,领着他们走进一个地窖。地窖里埋着一个粗大的坛子,坛口严严实实地封闭着。泥水匠说:"这是我留给你们的遗产,里面装着世界上最宝贵的东西。"

老泥水匠又说:"坛子里的宝贝,我不能偏心给谁。你们必须努力干活,谁先过上富裕的日子,谁就来取走这坛宝贝吧。"两个儿子表示一定遵从老人的嘱咐。泥水匠露出了满意的笑容。不久,他就与世长辞了。

兄弟俩遵守诺言,他们像父

拥有美好的希望,就拥有了前行的动力。

亲那样勤快地干活。时光荏苒,兄弟俩的财富一年年地增加起来,分不出谁先富谁后富。这样,兄弟俩决定平分坛子里的宝贝。

当他们走到地窖,揭开封口的时候,都怔住了。原来坛子里装的全是砖和石头。弟弟说:"原来父亲并没有给我们留下什么宝贝啊!"

"我明白了!"哥哥说,"父亲留给我们的是比金银珠宝更珍贵的东西。他怕我们失去生活的信心,为我们埋下了一个美好的希望!"

## 炼金术

有个叫奈哈松的人,一心想学会炼金术成为富翁。他的家中一贫如洗。妻子无奈,跑到父亲那里诉苦,她父亲决定帮女婿改掉恶习。

他对奈哈松说:"我已经掌握了炼金术,只是现在还缺少一样炼金的东西。""快告诉我还缺少什么?"奈哈松急切地问道。"那好吧,我可以让你知道这个秘密,但我需要三千克香蕉叶下的白色绒毛,这些绒

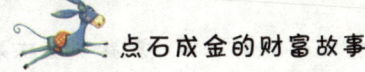

毛必须是你自己种的香蕉树上的。"

奈哈松回家后立刻将已荒废多年的田地种上了香蕉。为了尽快凑齐绒毛，他除了种以前就有的自家田地外，还开垦了大量的荒地。当香蕉长熟后，他便小心地从每张香蕉叶刮下白绒毛，而他的妻子和儿女则抬着一串串香蕉到市场上去卖。就这样，十年过去了，奈哈松终于收集够了三千克绒毛。

这天，他一脸兴奋地拿着绒毛来到岳父家，向岳父讨要炼金术。岳父指着院中间一间房子说："现在，你把那边的房门打开看看。"奈哈松打开了那扇门，看到满屋竟全是黄金。妻子告诉他，这些金子都是他这十年里种香蕉换来的，奈哈松恍然大悟。

学会靠自己辛勤劳动创造财富。

# 抽水

有一个旅行的人，在沙漠遇到了沙尘暴。一阵狂沙吹过之后，他已认不得正确的方向。饥渴难耐，濒临死亡。后来，他意外地发现了一间小屋，小屋里有台抽水机。

他兴奋地上前抽水，任凭他怎么抽水，也抽不出半滴来。这时，他看见抽水机旁有一个瓶子，瓶上贴了张纸条，上面写着：先把这瓶水灌进抽水机中，然后才能抽到水，但是在你要走之前，一定要把水瓶装满。

他的内心挣扎起来，该不该按纸条上的话去做？万一水引不上来，岂不白白浪费了这瓶水？要是把瓶子里的水喝掉，他就会保住自己的生命！

最后，他下定决心照纸条上说的做。他把瓶子里的水全部灌入抽水机里，水真的大量涌了出来！他将水喝足后，把瓶子装满水，在原来那张纸条后面写道："请相信我，纸条上的话是真的，只有把生死置之度外，才能尝到甘美的泉水。"

##  锁匠的徒弟

端正的品行比高超的技巧更可贵。

老锁匠一生修锁无数，深受人们的敬重。为了不让他的技艺失传，人们纷纷帮他物色徒弟。最后老锁匠挑中了两个年轻人，准备将一身技艺传给他们。

一段时间以后，两个年轻人都学会了不少东西。但两个人中只有一个能得到真传，老锁匠决定对他们进行一次考

试。他准备了两个保险柜，让两个徒弟去打开，谁花的时间短谁就是胜者。结果大徒弟只用不到十分钟就打开了，而二徒弟却用了半个小时，众人都以为大徒弟必胜无疑。

老锁匠问大徒弟："保险柜里有什么？"大徒弟眼中放出了光："师傅，里面全是百元大钞。"问二徒弟同样的问题，二徒弟支吾了半天说："师傅，我什么也没看见，我只打开了锁。"

老锁匠十分高兴，郑重宣布二徒弟为他正式接班人。众人不解，老锁匠微微一笑说："我们修锁的人，每个人心上都要有一把不能打开的锁。"

##  一贫如洗的穷人

有一个长工为一个富翁做了十几年的活，虽然他干活很卖力气，但一年到头还是家徒四壁，一贫如洗。富翁非常同情他，想帮助他改变一下生活，就建议他在村口开一家磨坊，并且愿意借给他初期所需要的资金。

富翁以为，长工一定

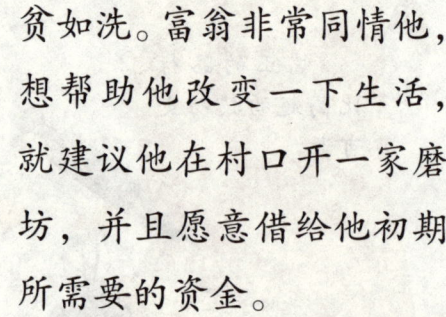

会答应的，因为这是他改变自己命运的好机会，而且这种机会很难得。

> 不要只局限在现在，要有长远的目光。

但长工却不这么想，在他看来，为富翁干活，虽然是累了些，但是在生活上还是很有保障的。而且也不需要每年秋天为了债务，搞得邻里不和，甚至还要受到村民的指责。况且如果到村口开家磨坊的话，每年那些苛捐杂税也够自己应付的，说不定还会有许多麻烦事。

想到这里，长工就谢绝了富翁的好意，仍然干着原来的活，当然也就过着一贫如洗的生活。

##  钓鱼的学问

一位老人在河边钓鱼,一个小男孩走过去看他钓鱼。

老人技巧纯熟,没多久就钓了满篓的鱼。老人见小孩很可爱,就要把整篓的鱼都送给他。没想到小男孩摇摇头没有接受。

老人惊异地问道:"你为什么不要?"

小孩回答:"我要你手中的钓竿。"

老人问:"你要钓竿做什么?"

小孩说:"这篓鱼不久就会吃完的,我要是有了钓竿,我就可以自己钓,一辈子也吃不完。"

但是,他看到老人摇了摇头。

老人说:"孩子,你错了。你如果只要钓竿,那你一条鱼也吃不到。"

小男孩大惑不解,老人接着说:"因为你不懂钓鱼的技巧。光有鱼竿是没有用的,因为钓鱼重要的不在钓竿,

只有掌握了生存的本领和技巧,才能面对人生的风雨。

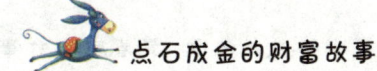

而在钓鱼的技巧。很多人认为自己拥有了人生道路上的钓竿,再也无惧于路上的风雨,这样他难免会跌倒在泥泞的地上。"

小孩似懂非懂地点了点头。

## 水塘鱼会

科研所的花园里有个水塘,塘里放养着一群鱼。鱼们常常被钓,又常常被放回。对此,谁也不曾在意。

有一天,一条回塘的老鱼向大家报告了一个可怕的消息。老鱼说:"你们知道人们为什么放我们回来吗?"

众鱼大眼瞪小眼都说不知道。

老鱼接着说:"人放我们回塘,绝不是出于慈悲,而是拿我们做实验。他们用那些曾经让我们上当的钓饵引诱我们上钩,不幸的是,我们竟然没有一个不再上当,每条鱼几乎都不出4天

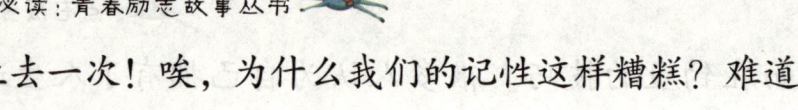

就被钓上去一次！唉，为什么我们的记性这样糟糕？难道我们吃的苦头还不够么！"

鱼们震惊了。一条瘦鱼豁然蹿起说："我早知人是很狡猾很险恶的，他们总是玩弄阴谋来陷害我们，而我们呢，上钩时拼命挣扎，回塘后又优哉游哉，我们总能为咬钩找到借口，甚至连嘴唇皮的伤还没愈合，就又去咬钩了，这教训实在太惨痛太深刻了！"

一条胖鱼拍尾疾呼道："千万要记取教训呀！鱼钩是明摆着的，咬钩的可是我们自己。问题的严重性就在于我们自身全然无视前车之鉴，以至一而再再而三地重蹈覆辙啊！"

每条鱼都慷慨陈词，激昂悲愤，呼声十分地强烈。为了使自己不再上当，也为了挽回全体的声誉，众鱼共同拟定了一项对策：自即日起，任何一条鱼都必须绝对地坚持不再咬钩！

谁知就在这时候，天哪，水面突然垂下来一条蚯蚓，很快又出现第二条、第三条……瞧，扭呀晃的全是活物！顷刻间众鱼就像闪电一般冲上去,争相吞食,在一片闹哄哄声中,谁也没有意识到自己又被远远地提出水面去了。

据说,在科研所的实验记录中写着这样一条结论:鱼的记性是可悲的,教训对它们仅是一瞬间,只要一看到诱饵,它们立刻就什么都不顾了。

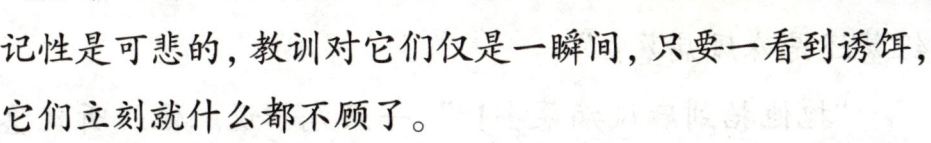

## 模 仿

一位渔夫去河边钓鱼,一群兔子围过来问渔夫:"你用什么钓鱼呀?"渔夫开玩笑说:"用兔耳。"兔子们十分恼怒,扑上来要打渔夫。渔夫立刻躺在地上装死。兔子们看到渔夫一动也不动,纷纷喊着:"我们把他送到金墓、银墓,还是麻风病人的墓里去?"

"送到银墓中去。"一只兔子说。于是,兔子们把渔夫抬到银墓中。过了一会儿,渔夫

一味地模仿和生般硬套是不会取得任何成绩的。

从银墓中爬出来，身上装满了银子，他回到村里，从此过上了好日子。

渔夫的邻居知道他的经历后马上来到河边去钓鱼。兔子们果然问了他同样的问题，他也回答"用兔耳。"兔子们一听，提起棍子把这个人狠狠地打了一顿。他也躺在地上装死。兔子们见他死了，就叫喊着说："把他抬到金墓、银墓还是麻风病墓？"

"把他抬到麻风病墓去！"一只兔子说。他一听就急了，说："那可不行，把我抬到金墓去吧！"兔子们一看他还没有死，于是继续打他，后来他终于被打死了。

## 等候春天

有两个渔民一个叫阿呆，另一个叫阿土，他们都梦想着成为大富翁。有一天，阿呆做了一个梦，梦见对岸岛上寺庙里种有49棵朱槿,其中开红花的那一株下埋有一坛黄金。

梦醒后,阿呆满心欢喜地驾船去对岸的小岛,见岛上的寺庙里果然种有49棵朱槿。此时已是秋天,阿呆便住了下来,等候春天的花开。隆冬一过,朱槿花盛开了,但都是清一色的淡黄,阿呆没有找到开红花的那一株,庙里的僧人也告诉他从未见过哪棵朱槿开红花。阿呆便垂头丧气地驾船回到了村庄。

拥有耐心,持之以衡,才能取得最终的胜利。

后来,阿土知道了这件事,也去了那座寺庙。又是秋天,阿土也住下来等候花开。

第二年春天,朱槿花凌空怒放,寺里一片灿烂。奇迹就

在那时出现了：果然有一棵朱槿盛开出美艳绝伦的红花，阿土激动地在树下挖出一坛黄金。后来，阿土成了村庄里最富有的人。

##  谁是富翁

有一天，时间老人、知识老人和财神爷，一起结伴巡游人间。他们经过一个公园时，看见长椅上坐着三个人：一个是大腹便便的老人，一个是戴着眼镜的学者，还有一个是正在读书的穷孩子。

财神爷向伙伴们提议："咱们来猜一猜吧，这三个人

点石成金的财富故事

只有合理地利用财富,财富才能发挥最大价值。

中,谁是真正的富翁?"时间老人和知识老人点头微笑,表示同意。

财神爷抢先发言:"那个老人有着数不完的钱财,是一个地地道道的富翁。"

知识老人听罢,连连摇头,笑着说:"可是,从知识来讲,他只不过是一个'乞丐'。真正的富翁应该是那位知识渊博的学者。"

时间老人听完,哈哈大笑说:"你们错了。从生命来讲,那孩子有着更多的宝贵财富——时间。而时间是万能的法宝。只要你善于利用,它可以变成一切知识和财富!"

## 三个灵魂的选择

三个等待上帝审判的灵魂碰在一起,这三个灵魂生前一个是富甲天下的商人,一个是汗牛充栋的收藏家,最后一位则是个一文

不名的乞丐。

这三个灵魂一块议论上辈子的经历，乞丐不停地抱怨上帝的不公。这时，上帝出现了，他对三个灵魂说："我对你们三个都是公平的，五十年前你们三个人是不是一同捡到一个钱袋？"

乞丐想起来了，说："是有这么回事。我和另外两人平分了这笔钱，没想到另外两个人是他们。"

上帝接着又问："这笔钱你们是怎么花掉的呢？"

乞丐说："我拿了这笔钱好吃好喝地过了好几个月。"商人说："我用那笔钱做起了小生意，后来越做越大。"收藏家说："我发现那些钱都是些独一无二的古董，我在拍卖会上拍出了天价，到现在我还收藏着那笔钱中的一部分。"

上帝听完后问乞丐："你看，我对你们是不是很公平呢？"

## 智者和愚者

很早以前，太阳神把智者和愚者叫到一起，拿出两只密封的箱子让他们挑选：一只上标有"福禄"，一只上写着"事业"。

智者恐落人后,抢先占有了"福禄";愚者毫不迟疑,看中了"事业"。智者沾沾自喜地说:"我权财双收,显赫富有,这样的人生谁不羡慕?"愚者则提醒他:"不,只有献身于一种事业,人生才能充实和崇高。"

只有献身于一种事业,人生才能更加充实。

说完,他们提起各自的箱子就要离去。太阳神微笑着唤住他们,吩咐说:"现在你们打开箱子,仔细看看里面的东西。"

智者打开他的福禄箱,只见金银无数、官印数颗。他正要拍手叫好,却看见愚者的事业箱里竟有一顶高贵无比的桂冠,上面镶满奇异的珠宝,旁边还有一张流芳千古的荣誉证书。

智者傻眼了,他向太阳神提出抗议,说他偏心。太阳神坦率地告诉他:"是你贪恋福禄舍弃事业的,为此,你也就失去了愚者现在得到的不朽荣誉。"

# 蒙难的弟弟

兄弟两个进山找宝。找遍一架又一架山梁，总是一无所获。忽然，哥哥看到前面山顶上光华闪烁，兴奋极了，以为他发现了宝藏，忙紧走了几步。可是，一看到弟弟紧紧跟随，立刻感到万分不舒服。他开始绞尽脑汁想怎样才能独吞这笔财富。在实在拿不出办法的情况下，他顿生歹意。

心术邪恶的人得不到真正的财富。

当两个人一前一后爬到峭壁上时，他一脚把弟弟踹了下去，然后，发疯似的奔向闪光的地方。到了那儿一看，瞪直了眼，原来那里堆着的不是宝藏，而是几筐玻璃渣。他十分沮丧，只得拖着脚步一步

一步回家去。

可是，刚进村口，他吓得魂飞魄散，只见弟弟竟活生生地迎上前来。弟弟微微一笑，向他拱手作揖："谢谢你呀，大哥，要不是你一脚把我踹下去，摔到山谷里，我怎么会一下子拥有现在这么多的珠宝！"

"什么？！"

弟弟解开身边满满的口袋："你看，玛瑙、翡翠、钻石……全都是在那山谷里捡到的！"

## 被魔鬼战胜的村长

一个村子的村民经常被魔鬼欺辱，后来，村长决心要找到魔鬼，并亲手除掉它，使村民不再受苦。有一天，村长找到了魔鬼与它打了起来。村长终于战胜了魔鬼,把它打倒在地上,接着拔出短刀,准备下手,但这时魔鬼制止住了他,说:"村长,且慢下手,你可以杀死我,但先听我说几句话。"

"说吧。"村长说。

"你杀死我一点好处也没有,"魔鬼说,"如果你饶了我,你就有好处。"

"有什么好处?"村长问。

"你让我活命,我保证每天早晨在你枕头下放20个卢比。这样,一直到你生命的最后一天。"魔鬼说。

村长一听到这话,马上动摇了。他想:我打死他,有什么好处?我饶了它,每天就可以得到20卢比!于是村长同魔鬼订了协议,放走了它。

第二天早晨,村长发现枕头底下真的有20卢比,他心中大喜。这样,持续了一星期。

有一天早晨,村长醒了,手伸到枕头下摸钱。竟没有一个钱,村长

感到纳闷，心想，大概魔鬼忘记了，明天一定会放好两天的钱。

但是，第二天枕头底下还是没有钱。又等了一天，还是没有钱。这下村长冒火了，就出去寻找魔鬼。

在同一草原上的同一地方，他们又相遇了。

"喂，骗子，"村长对魔鬼说，"你是怎么对待我的？"

"村长啊，"魔鬼回答说，"我一连几天给你钱，后来不给了。你不满意的话，我们再来决斗。"

村长相信自己的力量，因为已经战胜过魔鬼一次了。可是这一次，魔鬼举起了村长，摔到了地上，并且拿出短刀，准备下手。

这时村长说："魔鬼，你可以杀死我，但请允许我提一个问题。"

"提吧。"魔鬼说。

"一个星期前，我们进行了较量，我胜了你，为什么现在我们两个都毫无变化，你却战胜了我？"

"原因是第一次你是为了正义的事业同我决斗的，而这一次，你找我是为了要钱，为了个人的贪欲，所以我轻易的战胜了你。"

# 比 腿

一个失去一条腿的富翁遇到一个失去一条腿的战士。富翁丁丁当当地敲着金币向战士炫耀:"靠上帝保佑,我虽然失去了一条腿,但却得到了百万财富,我这笔买卖做得很合算!你呢,上帝收去你一条腿,到底付给你多少报酬呢?"

为正义事业所做的牺牲,是不能用金钱的价值来衡量的。

战士用拐杖笃笃地敲着地面回答:"我不信仰上帝,也无须上帝报酬。"

"这么说来,你是白白牺牲了一条腿喽?"富翁耸耸肩膀。

战士看看富翁,笑了笑,挂着拐杖走开了。富翁冲着战士的背影摇头:"可怜的战士哟,究竟是什么值得你这样去拼命?你既没有得到灿烂的黄金,又没有得到火红的宝石,你什么也没有捞到呀,却这样自负?可怜!可怜!"

"可怜?"战士回头笑着说,"你是富翁,只有闪光的财宝才值得拼命;我是战士,除了祖国的尊严,还有什么更值得牺牲?你说,这两条腿,能放在一起比较吗?"

## 一条新裙子
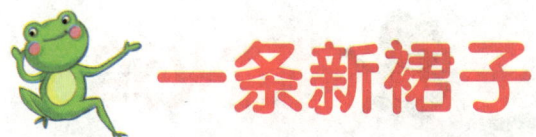

从前,有一对夫妻,家里很穷,妻子只有一条裙子。裙子穿了很多年,已经很旧很旧了,她的裙子补了又补,补丁多到已经看不出裙子原来的样子了。

这一天,丈夫回家了,见妻子在哭,于是就问:"你怎么了,为什么哭?"

"你看,裙子上又有一个洞,已经没有东西可补了!"

第二天,丈夫用赚来的全部工钱给妻子买了一条新裙子。他拿回家对妻子说:"亲爱的,即使晚饭不吃,我也要给你买条新裙子!"

妻子接过裙子一看，非常高兴。丈夫躺下睡觉后，妻子仍然忙个不停。等丈夫醒来时，看见妻子正把刚买来的新裙子剪成一块一块，然后细心地缝补在旧裙子上。他哭笑不得，"哎哟"叫了一声。可他的妻子却说："亲爱的，谢谢你，你看我把所有的破洞都补好了。还留下一块，够一年缝补用的了！"

## 捉火鸡

一个人想出了一个捕火鸡的好办法。他把箱子制作成一个有进无出的陷阱，一旦火鸡进去了，只要把进口堵上，就难以逃出来。

这天，他抓来一把玉米，从箱子外面一路撒到箱子里面。然后他在箱子盖上系了一根绳子，自己攥着绳子远远地躲在一边。

不一会，一群火鸡看到了玉米粒，都欢快地啄食起来,他数一数一共十只呢。火鸡一只一只地钻进去了,只剩下两只了。他盯着外面的两只火鸡,心想要是它们也进去了,自己就可以一个礼拜不用出来工作了。他正想着,一只火鸡溜了出来。他懊悔地想刚才真该拉绳子,如果再进去一只我就关。可是,又出来了两只,在他想着的时候又跑出两只……

在财富面前,不要贪婪,贪得无厌的下场是一无所有。

最后,他眼睁睁地看着那群火鸡心满意足地离去了,箱子里什么都没有了,包括他的玉米粒。

## 两只狼

一个寒风呼啸、雪花纷飞的冬天,两只狼在一个小山村边寻食,它们已经两天没有猎到食物了。

村边,猎人养了一圈羊,个个肥壮,狼已经窥视好久了。

"冲吧,不能再等了,要不然我们会饿死的。"公狼对母狼说。

不要成为财富的奴隶,要以健康的心态面对财富。

"他可是这座大山里最好的猎人,我们好几个同伴都栽到他手里了,连凶猛异常的黑熊都被他干掉了,还是别动他的羊,到别的地方找找看吧!"母狼劝道。

公狼说:"我已经观察了好几个小时了,没有发现异常,羊圈四周都没有陷阱,围栏也不坚实。"

虽然母狼再三劝阻,但公狼已下定了袭击的决心。当它冲进羊圈时,一只羊突然站起,举枪把它击毙。原来,猎人披着羊皮在羊圈中等了它一天啦。

# 农夫的女儿

有一天,农夫请埃吉丽女神到家里来为他的女儿看病。农夫伤心地说:"我的女儿原本十分漂亮,可不知得了什么病。越变越难看,现在竟像个妖怪了!"

埃吉丽亚女神先是望面,继而把脉,随之透视她的脏腑,最后点头说:"噢,虚荣,懒惰,欺骗……她是让这些魔鬼附身了。"农夫说:"对,她总幻想做女皇,有时竟把我们都当成奴仆。"

女神追问:"她一定在很短的时间里得到了一笔很大的财富吧?"农夫眨眨眼睛:"她在外面公开称自己是亿万富婆。"女神叹了一口气:"病根找到了,是钱这东西引来那么多魔鬼缠绕在她的身上!"农夫担忧地问:"怎么办呢?您务必救救她……"

埃吉丽亚女神说:"好办,我先代表上天收回她的财富。从今天开始,她将一无所有。以后,她喝的每一杯水,吃的每一片面包,都需要付出自己的血汗后才能得到。让劳动疏通她的血脉,让苦难洗涤她的心灵,让善良做她的伴侣,让真理做她的导师。用不了多久,魔鬼们就会统统被赶跑的。"

# 移动金山的一生

一个青年人很幸运，十八九岁的时候就发现了一座金山。只可惜金山离他家太远了，来回走一趟需要四五十天的时间。

于是，从那时开始，他顶着严寒冒着酷暑，风里来雨里去，没日没夜地搬运黄金。一趟两趟，三趟五趟，八趟十趟……每趟运回家，收藏好，顾不上吃喝，顾不上休息，就又急匆匆上路了。

这样，金山越背越小，而他家的黄金像小山似的越堆越大。终于，金山被他彻底挖光了，他家则耸立起一座新的金山。谁都羡慕他能拥有这样一笔价值连城的财富。

但很遗憾，这时他也老了，走不动了。没儿没女的他躺在病床上奄奄一息了，断断续续地回首平生，未曾学习，未曾恋爱，未曾享受，也未曾做过任何公益事业……他做过的唯一一件事，就懂得享受生活,不要让金钱成为负担。

是把那金山从一个地方搬到了另一个地方。尽管金山已经属于自己,但他并不能把它带到另一个世界中去。

## 发现金狮子的人

一个身无分文的流浪汉走在回乡的路上。当他看见夕阳的余晖金光闪闪地在山后隐现时,他跪下来祈求上苍:"伟大的天神啊!请你赐给我财富吧!"

神听了他的祈求,于是在他经过的森林里,放了一只很大的金狮子,准备送给他。

流浪汉疲惫地走进森林,当他看见金

狮子时,简直不敢相信。

"我该怎么办?我快要昏过去了!这是一只金狮子吗?它会不会咬人?我要不要拿呢?"流浪汉的心里十分矛盾,胆怯和贪婪相互交战着。

最后,他自言自语地说:"我真想要金子,可是又怕狮子会咬我!遇见这么幸运的事,我却不敢接受……我看我还是回去找朋友帮忙搬吧!免得那金狮子真的咬人……"于是,他匆匆忙忙地走向村子里去了。

可是,就在他走后不久,一

机会不会时刻等待着你,只有把握机会,才能获得财富。

个樵夫从这里路过,看见了金狮子,就把它搬回家了。

## 小鹿与干鱼

一只鱼鹰想去南方旅游,它对以往储存的大量干鱼愁眉不展,最后决定忍痛割爱,以最低廉的价钱出售。

一只小鹿听见了这个消息后,马上以最快的速度跑到了出售点。当它看见水獭、鸭子和花猫等正在大肆抢购干鱼的情景,便急急忙忙用鹿妈妈给它购粮的所有钱买了干鱼。它扛了一大袋子干鱼返回家,在路上忍不住喜滋滋地想:"妈妈一定会夸奖我的。"

谁知妈妈看到后,惊诧地瞪圆了眼睛,竖起了耳朵:"你买这么多干鱼做什么?"

小鹿得意洋洋地说:"清仓大甩卖,机会难得!"接着又眉飞色舞地补充道:"幸亏我争分夺秒行动迅速。否则

迟到半步，就被其他动物买光了。"

鹿妈妈忧心忡忡地说："傻孩子，你一味贪图便宜，连最基本的常识都忘记了，我们鹿可是从来都不吃鱼的。这下好了，你用所有的钱都买下了这些干鱼，我们吃什么呀？"

## 与人谋腿

贫困是个跛子，他发誓要捉一个人，为自己谋一条腿。于是他来到一株大树下，坐在那里守候。

这天，来了一个大汉，懒洋洋地吹着口哨。贫困赶紧打招呼："好兄弟，坐下歇歇吧！"大汉一屁股坐了下来。贫困问："兄弟哪儿来的呀？"大汉摇摇头："不知道。""是出来谋生的吗？"大汉还是摇摇头："那可太麻烦了！"这真是一个少见的懒汉！

贫困朝大汉身边挪了挪，满脸堆笑："这么说，

兄弟你不是浪子就是乞丐,对吧?"大汉大笑起来:"对我都无所谓!能图个眼前的逍遥痛快就行。"贫困更挪近大汉:"兄弟如此满足于穷苦,不怕别人笑话?""笑什么!没有穷苦哪有同情?不去乞讨何来施舍?"

"说得好!你真是我最好的伙伴!快给我一条腿!"贫困猛扑过来,毫不费力气地把大汉捉住了。从那以后,懒而又蠢的人便做了贫困的脚力。他走到哪里,贫困也就出现在哪里。

懒惰和愚蠢永远创造不了财富。

# 乞丐与狗

**富**翁家的狗跑丢了，于是他在电视台发了一则启事：有狗丢失，归还者，付酬金一万元，并有小狗的一张彩照充满大半个屏幕。

几天下来，还是没有找到。富翁太太说，肯定是捡狗的人嫌给的钱少，那可是一只纯正的爱尔兰名犬。于是富翁把酬金改为两万元。

有一位乞丐捡到了那只狗，他没有及时地看到第一则启事，当他知道送回这只小狗可以拿到两万元时，兴奋极了，想他这辈子也没交过这种好运。

乞丐第二天一大早就抱着狗准备去领酬金。当他经过一家大百货公司的墙体屏幕时，又看到那则启事，

财富是等不来的,要学会把握时机创造财富。

不过赏金已变成三万元。乞丐想了一会,这赏金增长的速度倒挺快,这狗到底能值多少钱呢?他改变了主意。

在接下来的几天时间里,乞丐没有离开过这块大屏幕,当酬劳金涨到使全城的市民都感到惊讶时,乞丐决定把狗送回去,可是那只狗却已经饿死了。

## 农妇剪羊毛

**有**一个农妇,生活非常节俭,到了剪羊毛的季节,她想,还是自己来剪吧,这样可以省不少

钱。她以前没有剪过羊毛,根本不知道该怎么去剪,但她根本不在意这些,竟然连毛带肉都给剪下来了。

羊痛得边挣扎边说:"主人,你怎么能这样伤害我呢?我的血和肉并不能增加羊毛的重量呀?如果你要我的肉的话可以让屠夫来杀死我;如果想要我的毛,剪毛匠会很熟练地剪下我的毛,而不使我痛苦,你也能增加收入啊!"

# 穷汉子与金币

一个穷汉子整天做着发财梦,他说:"我要是发了大财,就痛痛快快地用,用不掉统统送给穷人。"

突然,一个人从茅草屋的破缝里挤了进来,说:"我帮你做个富翁。"他递给穷人一个钱包,"别看钱包里只有一块金币，但你拿出来后，钱包里又会出现一块，总也拿不完。但是在你用这些钱之前，必须把钱包扔到河里。"说完，他消失了。

穷人开始从钱包里取金币，真的，拿出一块来，钱包里又有一块，总也拿不完。他高兴地喊："我有钱啦！"他自己计划要买食物、衣服、房子……这要用很多钱。

每天，他省吃俭用，忙着从钱包里掏金币。掏出来的金币不敢用，因为他没有把钱包丢进河里。一想到要丢钱包，他心里就难过得要命，他想："这可是用不完的金库啊，怎么能丢掉呢？"

他越来越衰老、越来越虚弱，可还是舍不得把钱包扔进河里。最后，他捏着钱包死了，尸体旁堆放着九百万块金币！

在财富面前，人们的心灵总是得不到满足，要懂得有得必有失的道理。

# 金币和鲜血

**老**狼本来是很瘦的，一脸穷酸相。后来，它倒卖兽皮，以假充真，以次充好，赚了大量金币，终于变成了新富。

有一天，它的配偶产后失血过多。闻讯，同族都悄悄地溜了。它如坐针毡，急得火烧火燎，只好广贴榜文："凡献血十六两者，得金币五十枚。"

揭榜者，无。

它又贴大榜。"凡献血十六两者，得金币五百枚。"

许多狼纷纷前来献血，那母狼得救了。

老狼越发富有。脸更阔，逢兽便说："我发

现，金币伟大无比，威力无穷。金币可以变成鲜红的血液，金币有起死回生之神功！"

不久，这老狼得了一场重病，便购了大量血液存在血库里。老狼的病日益沉重。正需要输血时，经查，它的血液为Z型，尚属世界上独一无二，现有血液都不能注入它的躯体。老狼仰天长叹，抱着一箱金币一命呜呼了。

# 商人与儿子

有一位勤劳节俭的商人临死时把唯一的儿子叫到床前。给了他三个忠告。第一，到手的财富不能随意挥霍，否则它会很快流走；第二，已经失去的财富不要为之惋惜；第三，财富没有固定的主人，该花的钱一

财富是可以创造的，不要为失去的财富而惋惜。

定不要吝惜。

老商人死后，儿子很快把父亲的忠告忘到了脑后。他购置了一套豪宅，终日和一帮酒肉朋友吃喝玩乐。不出一年，父亲留给他的钱全花光了，连豪宅也抵了债。

这时，儿子才想起了父亲的忠告，后悔没有听从父亲的话。他严格遵循第二个忠告，不再长吁短叹地为失去的财富惋惜，并且从早到晚忙着打工挣钱。

新年的第一天，儿子看见外面的雪地里蜷缩着一个年轻人，一问才知道他是进京考试的读书人，因盘缠用尽潦倒至此。儿子想起父亲的第三个忠告，就把身上仅有的一点钱送给了那个书生。

一年后，书生金榜题名，被国王任命为大官。他把商人的儿子也提拔为官员。从此，商人的儿子平步青云，日子也过得越来越富裕。

## 帮 助

一户人家每天都给财神上香磕头，虔诚之心让财神很是感动，于是经常暗中帮助这家人。这家人渐渐富裕起来了，女主人高兴得不得了，感叹说："我们现在算是走了红运了！"

男主人不无得意地反驳说："那还不是我脑子聪明，做生意机灵，又这么勤劳，不发财就是财神瞎了眼睛！"日后便忙着挣钱，就慢慢地疏于烧香磕头了。

一天，男主人进回来一大缸陈年老酒，盘算着可以卖个好价钱，大赚一笔。为了挪出一块地方，他索性把供奉着财神的桌子搬走，打算把酒放在那里。财神心想："你能有今天，多亏有我暗中帮助，那天你骂我瞎就算了，今天竟然让我没有立足之地，看我怎么罚你！"只听一声响，不知怎么回事，摆放在桌子中间的铜烛台和香灰缸一齐滚落在酒缸里了，更糟糕的是，酒缸被砸破了，一缸美酒汩汩地从裂缝和两个大洞处流出来了。

男主人心疼不已,叫骂道:"老子一直虔诚地求你,香火不断,连烛台都是铜的,你帮我发财不是理所当然的吗?财神啊,你瞎了眼啊!"

财神也说话了:"没有老子你哪会有今天,帮不帮你要看我高兴不高兴,你烧香才是天经地义的!"

##  金色的东西

米达斯国王只爱两件事物:金子和他的女儿。一天,一位神了解到米达斯国王并不满足他的富有,便问他:"什么能使你快乐呢?"米达斯国王说要是他每碰到一个东西都能变成金子,那就再好不过了。

神说:"明天一早你就会拥有这种力量。"说完就消失了。

第二天,米

达斯国王果然拥有了这种力量,他每碰到一件物品就会变成金子,他高兴极了。但米达斯国王的快乐没有持续多久就消失了,他痛苦地发现他既不能吃也不能喝,食物在嘴里都变成了金子,更糟糕的是,当他像往常一样亲吻女儿时,她却变成了金子。

遭受打击的米达斯国王突然醒悟了。当神再次在他面前出现时,米达斯国王忏悔地说:"我知道了,一杯水、一块面包,当然还有我的女儿都比金子宝贵得多。"

神笑了,他告诉米达斯国王去河里冲洗自己,把水泼到变成金子的每一件东西上,这样它们就会变成原来的样子。

我们所拥有的许多普通的东西都比金钱更宝贵。

# 捡海螺

**两**个渔夫听说海螺在市场上特别抢手，于是一大早上就出去捡海螺。年轻的渔夫心想："我眼睛好使，腿脚又利落，比起那个年老的来，我的收获肯定要多得多，而且一定要挑选那些又大又好的。"

一老一少两个渔夫开始捡海螺。老渔夫只要看见海螺就如获至宝的捡起来，年轻人总是撇撇嘴，暗自说："这么小一点的他也要，弯一次腰都不划算！"

不一会儿，老人的袋子里就有了一小半了，而年轻人袋子还是软沓沓的。年轻人还是不屑一顾地说："那有什么！我走得快，而且眼睛尖，只要我发现一处海螺多的地方，我弯一次腰就能捡得更多。"

年轻的渔夫就这样走了大半天，始终没有发现海螺又多又大的地方，他的袋子里还是只有一点，那还是他实在不情愿弯了几次腰得到的收获，而老人的袋子已经胀鼓鼓的了。

晚上，两个人一同回去，遇见另一个渔夫。那个人问道："那个地方的海螺多吗？"

老渔夫乐呵呵地回答说："多啊！很多啊！你看我一天捡了这么多呢！"

年轻渔夫的声音同时也夹杂在里面："哪儿有什么海螺啊！一块地方只有零星的几下，不值得捡！"

## 三个仆人

有一个人在长途旅行前叫来他的三个仆人，他给了第一个人一万元，第二个人四千元，第三个人两千元。就这样，他把自己的财产分别交给了这三个仆人看管。

得到一万元的那个仆人将得

改变观念，大胆地实践，就会拥有更多的财富。

到的钱进行了投资，从而使总金额翻了一番；得到四千元的仆人也是如此。而第三个仆人则挖了一个洞，将他的两千元埋了起来。

主人回来后又把他们召集在一起，让他们汇报各自的账目。前两个仆人分别向他们的主人返还了两万元和八千元。主人说："我善良、忠诚的仆人，你们干得不错。你们在管理小额金钱方面显示了才能和忠心，因此我要让你们管理更多的钱。"而第三个仆人则向他的主人解释说他很害怕，所以把钱埋在了地下。主人对此的回应是：现在我要把这些钱拿走，交给那个手上有两万元的仆人，让他拥有更多；而对一无所有的人，就连他仅有的一点点也要夺过来。

## 遗　产

有个商人有两个儿子，大儿子是他的宠儿，因此他想把自己的全部财产都留给他。妻子很可怜小儿子，她请

点石成金的财富故事

求丈夫先不要宣布分财产的事,商人听从了她的劝告。

有一天,商人的妻子坐在窗前哭泣,一位过路人看见了,就问她为什么哭。她说:"对我来说,两个儿子都一样亲,可是他们的父亲却想把全部财产留给一个儿子,而另一个什么也得不到。我请求丈夫先不要向儿子们宣布他的决定,但是我不知道怎么才能解决这烦恼。"

过路人说:"你的烦恼很容易解决。你只管向两个儿子宣布,大儿子将得到全部财产,小儿子什么也得不到,但以后他们将各得其所。"

小儿子一听说自己什么也得不到,就离开家到外地去了。他在那里学会了手艺,增长了

一无所有并不可怕,财富是可以从零创造的。

知识。而大儿子依赖父亲的财产生活,什么也不学。父亲死后,大儿子把自己所有的财产都花光了;而小儿子却依靠自己的劳动变得富裕起来。

##  遗 嘱

有个富人养了三个女儿,她们各有爱好。一个爱喝酒,一个好打扮,第三个则非常的小气。富人根据法律写下遗嘱,把自己的家产分成相等的三份,并规定每个女儿在把自己所得的财产出售后,要各自给她们的母亲一笔现金。

父亲撒手归西了,这三个女儿急不可耐地跑去看遗嘱,念完遗嘱,大家搞不清楚去世人的遗愿,如何理解下面的话呢?

"姐妹们应立即将她们所继承的财产脱手,然后再付给其母亲一笔现金。"

遗产分成三份,一份是乡下的别墅,计有葡萄棚下的餐桌、银餐具、面盆、水壶和一个存放马尔付齐酒的酒窖,另加侍候吃喝的佣人。一句话,供吃喝的设备齐全。另一份计有一套时髦的用具,城里的房子,考究的家具,梳头姑娘和被阉割的家奴,

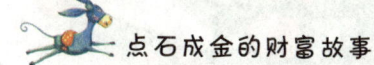
点石成金的财富故事

另加上做针线活的姑娘,珍珠宝贝和贵重的衣物。第三份遗产是一个农场和全套的生产农具、牲口和牧场,还有管理生产和牲畜的仆人。财产分配停当,大家觉得若抽签则会使三姐妹难以得到自己喜爱的东西,于是都同意各自挑一份自己喜好的财产。当时雅典城里的男女老幼都赞成这个决定。

只有伊索一人认为人们恰恰违背了遗嘱的初衷。他说:"如果逝者还活着,雅典全城都将受到他的怒骂。怎么搞的,一个号称以有敏锐洞察力自居的民族,竟错误地把一份遗嘱作了相反的解释。"说完话,伊索主持了家产的分配工作。

他给每个姐妹一份她不喜欢的财产。例如爱打扮的得到了爱喝酒的财产；爱喝酒的财产分到牲畜；爱管家务的分到梳头姑娘的财产。他认为没有比这种分法更好的办法了。他使三姐妹把财产售出，当手中有了钱，她们就可门当户对地与人联姻；她们拿着的不再是父亲的不动产，就可以把现金支付给自己的母亲。

这就是所立遗嘱的初衷。人们纳闷怎么会有这档子事：一个人的思维竟超过了雅典全城的人。

## 爸爸的礼物

圣诞节来临时，小矮人乐乐的许多朋友都收到了新衣服，有些甚至得到了一枚金币。当乐乐问父亲送给他什么礼物时，父亲拿出一小筐土豆说：

"孩子,这就是我送给你的礼物,你可以把它拿到镇上去换成零食,也可把它烤着吃,你还可以等到春天来临时,把它种进地里。"

小矮人乐乐决定在第二年春天把土豆种进地里。说来也巧,第二年矮人王国里发生了一场虫灾,一种不知从哪里飞来的虫子见植物就啃,却唯独不吃土豆苗。虫灾过后便是饥荒,富人们手捧金币却买不到一粒粮食,而小矮人乐乐却用收获的土豆充饥,养活了一家人,还送给一些贫穷的朋友,帮他们度过了荒年。

直到此时,乐乐才明白,父亲送给自己的礼物有多么珍贵。他的那些朋友得到的只不过是新衣服或一枚金币,但是父亲给予他的却是整个世界,这是乐乐得到的最好的礼物。

自己的付出有所收获,帮助别人得到了快乐,这就是最好的礼物。

# 没有鞋子的岛国

**有**一家鞋业制造公司派出了甲乙两个业务员去开拓市场。他们都是满怀信心,希望能够开创一个好的市场局面。

一天,他们来到了南太平洋的一个岛国,这是一个很少与外界接触的地方,而且他们惊奇地发现,这个岛国从国王到贫民竟然无人穿鞋子。

甲说:"上帝啊,这里竟然没有一个人穿鞋子,他们根本没有穿鞋子的习惯,我们怎么把鞋子推销给他们呢?这里根本就没有市场,我们明天就回去吧!"

乙说:"太好了!这里的人都不穿鞋,这是一个多么大的市场啊!我不但不会回去,还要把家搬来,在这

有时候，不要用传统的思维去思考问题，脑子转个弯，也许会取得意想不到的效果。

里长期住下去！"

于是，甲离开了，而乙则留了下来。

一年之后，岛国上的居民都穿上了鞋子……

## 多拿一点

一个放羊的男孩，偶然发现一个深不可测的山洞。这个地方很隐蔽，他从未到过。好奇心促使他一步步地往山洞深处走去。突然，就在洞的深处，他发现了一座金光闪闪的宝库。他想这一定是人们常说的天下第一宝藏！

放羊的男孩很是好奇，他从来没有见过这么多的金子，他很高兴。他小心地从几万吨的金山上拿了小小的一条，并且自言自语道："要是财主不再让我帮他放羊的话，这些金子也够我生活一段时间了。"他边说边从宝库回到放羊的山上，然后不急不忙地将羊赶回老财主家，又如实地将这一天的发现告诉了财主。还把自己捡到的那块金子拿出来给财主看，让他辨别其真假。

财主一看、二摸、三咬之后，一把将放羊的男孩拉到身边。急切地问藏金子的宝库在哪里。男孩把宝库的大体位置告诉了他，老财主马上命令管家与手下们直奔男孩放羊的那座山，还担心男孩的话不真，让男孩为他们带路。

财主很快见到了那座金山，高兴得不得了。他想：这下我可发了大财了，他赶忙将金子装进自己的衣袋，还让一起进来的手下猛拿。就在他们把小男孩支走，准备带走所有的金子的时候，洞里的神仙发话了："人啊，别让欲望负重太多，天一黑下来，山门就要关了。到时候，你不仅得不到半两金子，连老命也会在这里丢掉。别太贪婪了。"

可是财主哪里听得进去，他想这个山洞这么空阔，且又那么坚硬，就是天大的石头砸下来，也不一定就砸到自己的头上，何况这里有这么多的金子呀，不拿白不拿，多拿一点有什么可怕的。

拥有了这些金子，出去后我不就是大富翁了吗？于是财主还是不停地搬运。非要把金子搬空不可。不料，一阵轰隆隆的雷声响起后，山洞全被地下冒出的岩浆吞没了。别说是当富翁了，就连自己的性命也丢在了火山的岩浆之中。这个山洞也成了他的坟墓。

## 两只猴子挑水

猴子辉辉和丑丑一起挑水去城里卖，一桶卖一元，一天可以挑十五桶。

有一天，辉辉说："我们每天挑水，现在可以挑十五桶。等我们老了，还可以一天挑十五桶水吗？我们为什么不趁现在铺设一条水管到城里，这样我们就不用这么累了。"

丑丑说："可是如果我们把时间花去铺设水管，我们一天就赚不到十五元了。"所

以丑丑不同意辉辉的想法，就继续挑水。而辉辉开始每天只挑十三桶，利用剩下的时间铺设水管。

五年后，丑丑继续挑水，但只能挑十三桶，可是辉辉铺好了水管，每天只要拧开水龙头就可以赚钱了。

要想找到一条致富的捷径并不容易，任何捷径都是经过辛苦努力才找到的。

## 有头脑的瘦猴

有一天，甲地动物王国的狮王命令两个推销员胖猩猩和瘦猴去乙地动物王国推销啤酒。虽然乙地天气炎热，但那里的动物们都喝不惯啤酒，故颁布法令，不允许外地啤酒进入自己的领地。

胖猩猩看到乙地这种现象，立刻失望起来："这里的动物根本不喝啤酒，怎么会来买我的啤酒呢？"于是放弃努力，沮丧而归。

瘦猴发现这里的动物都不喝啤酒后，不禁惊喜万分，立即向国王报告消息："这里的动物都不喝啤酒，且国王颁布了不准喝酒的禁令，那就说明该国没有生产啤酒的厂

家,我们的啤酒将会在这里大有市场。"

瘦猴亲自去拜见乙地国王,并向它陈述道:"啤酒是一种液体面包,具有很高的营养价值,它颜色虽呈淡黄,但可与天上玉皇大帝饮的玉液琼浆媲美,建议不妨让乌龟等一些大臣试饮……"

乙地国王被瘦猴的话打动了,同意让乌龟宰相等一帮大臣们试饮。乌龟曾经作为乙地的大使出访过甲地,并亲眼见过甲地的居民边喝啤酒边跳舞的快乐生活,所以,它

很快就让自己的"胃"接受了啤酒并且喜欢上了它。还成功地劝说国王解除了不许喝啤酒的禁令。

后来,乙地的动物们都慢慢喜欢上了喝啤酒。瘦猴终于打开销路,在乙地建立了自己的生产厂家,并获得了狮王的嘉奖。

## 猴子和豹子

一天,豹子和猴子同在一个市场上玩耍挣钱。豹子先出场,豹子一上场,就大做广告。豹子说:"大家快来看呀,我身上的皮毛是世界上绝无仅有的华丽。大家要细心地看,皮毛中那闪亮的斑点全藏在一朵朵大花斑中间。谁如果疏忽了,就看不着这举世仅有的美丽了。"

集市上的人一听豹子的宣传,纷纷围了上去。

这时猴子上场了。

猴子说："各位请注意，我会变各种各样的戏法，谁要是眼睛尖、好使，那就细心地观察我的表演。谁要是看出我了的破绽，白看不要钱，我还奉送钱给大家。"

猴子说完，就变了一招。围观的人谁也没有发现猴子的破绽，齐声叫好，猴子接着说："大家看好，再来一招。"

说着又露了一招，众人还是没有发觉破绽，叫好声更响亮。猴子再接再厉，接二连三使出招法，众人看入了迷，纷纷扔钱，就这样，围观猴子变戏法的人越来越多，尽管豹子扯破嗓子大做广告也没人看它的大斑点。

## 小猴与豆子

小猴从梅花鹿的家门口经过时，梅花鹿给了它一大把豆子，小猴高兴地捧着豆子往家里走去。

半路上，小猴发现路旁长着一棵花生苗，小猴想：这棵花生苗上肯定结了不少花生，我一定要把它拔起来。可

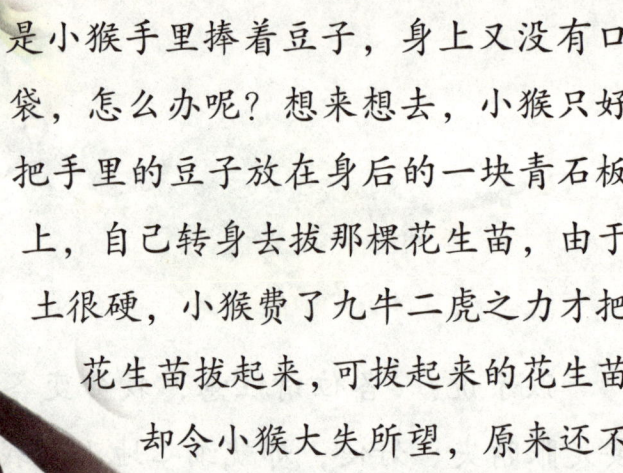

是小猴手里捧着豆子，身上又没有口袋，怎么办呢？想来想去，小猴只好把手里的豆子放在身后的一块青石板上，自己转身去拔那棵花生苗，由于土很硬，小猴费了九牛二虎之力才把花生苗拔起来，可拔起来的花生苗却令小猴大失所望，原来还不到花生成熟的季节，花生苗上一个花生都没有。

小猴懊恼地扔掉花生苗，待它转身去拿青石板上的豆子时，才发现豆子已被躲在青石板下的小松鼠偷吃了个精光。

## 财富和成功

一个妇女看到三位银须白发的老者坐在她家的门前，便上前同他们打招呼说："你们一定饿了，进屋吃点东西吧。"

"我们不能一同进屋。"老人们说。"为什么？"妇女感到疑惑。一个老人指着一个同伴说："他名叫财富。"指着另一个同伴说:"他叫成功,我是爱。你进去和家人商量一下,看你们家需要我们中的哪一个。"

妇女把老人们的话告诉了丈夫。丈夫十分惊喜,说:"既然如此,我们就邀请财富老人吧!"妇女不同意,说:"亲爱的,为什么不邀请成功呢?"儿媳妇插嘴说:"爱老人进来不是更好吗?我们全家将会充满爱。"

"那就听儿媳的吧!"丈夫对妻子说。妇女出去问三位老人:"你们当中哪位是爱?请进来做客。"

爱老人朝屋里走去,另外两位老人也跟在后面。妇女感到惊讶,问财富和成功:"我邀请的是爱,你们怎么也跟着进来了?"老人们一同回答说:"哪里有爱,哪里就有财富和成功!"

爱是世界上最宝贵的财富,有了爱,就有了一切。

## 最短的财富格言

许多年前,一位聪明的老国王召集了聪明的大臣,给了他们一个任务:"我要你们编一本《古今智慧录》留给子孙。"

这些聪明的大臣受命后,工作了很长一段时间,最后完成了一本洋洋12卷的巨作。

国王看了说:"各位先生,我相信这是古今智慧的结晶,然而,它太厚了,我怕人们读不完。把它浓缩一下吧!"

这些聪明的大臣又进行了长期的努力工作,几经删减后,变成了一卷书。

然而,国王还是认为太长了,又命令他们再浓缩。结果这些聪明人把一本书浓缩为一章,然后缩为一页，再变为一段，最后则只剩下一句话。

聪明的国王看到这句话时，显得很得意，他说："各位先生，这真是古今智慧的结晶，全国各地的人一旦知道这个真理，我们的大部分问题就可以解决了。"这句话是：天下没有白吃的午餐。

##  张玉和陈美

有一对好朋友名叫张玉和陈美，她们在一起读书。张玉家较为贫穷，要自己干活来赚取生活费；而陈美家中富裕，衣食无忧。

一天，陈美接到家中寄来的信说："因为战乱影响，家里没有多余的钱给你交纳学费和生活费了，希望你能自力更生。"

陈美看了以后很焦虑，心想："这可怎么办呀？马上到月底要交学费

俗话说,积少成多。无论是财富还是知识,都要从生活的一点一滴积累。

了。"这时候,张玉满身是泥地从外面回来,陈美问她:"你到哪里去了?"张玉说:"我在屋子旁开垦了一块地,种些蔬菜,除了自己吃,还可以赚些钱。"

陈美把自己的情形告诉了张玉,张玉听完后笑着说:"你跟我来。"她们一起走进张玉的房间。张玉指着晒干的米饭说:"这些是你平时剩下的,我把它晒干后再煮饭吃。此外,课余时间我还教村子里的小孩读书,把赚到的钱存到竹筒里,不到必要的时候不拿出来。"陈美听了十分惭愧,说:"我应该向你学习,谢谢你。"

## 渔夫和宝石

有两个渔夫,天天在一起的捕鱼。原来每天每人都能打到一篓子鱼,可这几天,他们俩个捕到的鱼却越来越少了,好像突然之间所有的鱼全部藏起来似的。附近的海水都被污染了。鱼哪能不少呢?许多渔夫不得不到深海去捕鱼了。

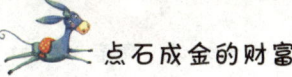

这一天,一大早,他们两个来到海边,太阳还没有出来,黑暗中,他们感觉脚下似乎有什么东西。好像是两袋小石头,他们俩捡起袋子,将渔网放在一旁,都不说话,坐在岸边等待日出。

他俩懒洋洋地从袋子里拿出小石头丢进水里。没有其他事情可做,他们俩就继续把石头一颗颗地丢进水里。

慢慢地,太阳升起,周围的一切也都变得亮了起来,他俩突然看着对方的手不动了。因为他们俩都发现各自手中拿的是一颗宝石,在黑暗中,他们俩人竟然把整整两袋宝石都丢进了大海里。

# 波斯人的花园

**古**时候，有一个波斯人叫阿里，他有一个很大的农场，有果园、田地和花园。他还借钱给人，收取利息，他因富裕而知足，也因知足而富裕。

一位僧侣拜访了阿里，这僧侣是一位来自东方的智者，他在火边给阿里讲了很多事。其中说到钻石的形成和璀璨。僧侣告诉阿里。如果他有拇指大的一块钻石，他就能买下一片城镇，如果他有一个钻石矿，他就能凭巨大的财力让他的孩子登上王位。

阿里听了钻石的故事，当夜失眠了。他感觉到自己已经是个穷人了，虽然他其实并没有失去什么东西。他暗暗发誓，"我想要一个钻矿。"

第二天早晨，阿里将僧侣从梦乡中摇醒。对他说："请你告诉我哪能找到钻石？"

"钻石？你要钻石干什么？""当然想非常非常富有。""那么，好吧，去找钻石吧。""但是我不知道到哪去找？""嗯，如果你找到了一条河，河水从白色的沙子上流过，两边是高山，你就能在这些白沙子里找到钻石的。"

阿里说："好，我这就去。"

于是他卖了农场，索回了贷款，将家人托给一个邻居照管，在一个迷蒙的清晨上路去找钻石了。他从月亮山开始找起，然后，又来巴基斯坦，接着辗转进入欧洲，最后他身无分文，衣衫褴褛，困苦不堪。一天他站在西班牙巴赛罗纳海湾的岸边，两边悬崖壁立，一个又一个大浪向他打来，这个可怜的人，饱经苦难和打击，奄奄一息，抵抗不住一种可怕的冲动，便跳进了迎面而来的潮水中，淹没在异乡的浪涛下，再也没有起来。

　　有一天，买了阿里农场的人牵着骆驼到花园里饮水。园里的小溪很浅，当骆驼将鼻子伸到水里的时候，阿里的后继人发现："小溪底部的白沙子里有一道奇异的光芒，顺着这道光芒，他挖出一块黑色的石头，只见它熠熠发光，如彩虹般灿烂。他把这块石头放在屋里的壁炉上，随后就把它忘了。"

　　几天后，那位僧侣来拜访阿里的后继人，一开客厅的门，就看到壁炉架上的那道闪光，他冲过去，喊道："这

是钻石！是阿里回来了吗？"

"啊，没有，阿里没有回来，那也不是钻石，不过是块石头，就在我们家的花园里找到的。"

"但是，"僧人说，"我告诉你，我可以肯定它是钻石。"

然后，他们一块冲到花园里，用力将白沙子挖起来，天啊！他们发现了一块更美丽、更有价值的宝石。

## 捕鸟高手

两个捕鸟高手一起到林中捕鸟。一会儿，他们就大有收获。这时林中又来了许多捕鸟人，这些人忙了半天还捕不到几只鸟，看到这两位高手轻轻松松地就捕到很多鸟，都非常羡慕。

这两位捕鸟高手的个性非常不同，其中一个孤僻不爱搭

拥有技巧还不够，还要学会与人沟通，这样才能事半功倍。

理人，独享捕鸟之乐；另一位却是个热心、豪放的人。他看到别人捕不到鸟，就上前热心地说："这样吧！我负责教你们捕鸟，如果你们学会了我传授的诀窍，捕到大量的鸟，每捕到十只就分给我一只，如果不满十只就不必给我。"双方一拍即合，这位高手就在这一群人中穿梭。教完这一个，又教另一个人。一天下来，这位热心助人的捕鸟高手把所有的时间都用于指导别人，自己也得到了满满一大笼鸟，还认识了一大群新朋友，备受尊崇。

　　另一位高手却没享受到这种服务于人的乐趣，当大家围绕着其同伴学捕鸟时，那人更显得孤单落寞，闷头捕了一整天，收获却没有同伴的多。

##  倒霉的猎人

清早,猎人背着猎枪,提着子弹袋,带着猎狗出门打猎了。

临走前,他的老婆对他说:"亲爱的丈夫,我想还是再提醒你一下,在出门前先把子弹装上去。"

猎人很不高兴,说道:"我打猎的经验比你多得多,你什么也不懂,只会围着锅台转,凭什么教训我?每回打猎,我都是这样,就是到了湖边,也从来没有一去就碰上野鸭子的,总是要等好一会儿才看见野鸭子,这工夫,我就是

装几十遍子弹也来得及。"

猎人还是背着空枪走了。

当他还没来到湖边,他老远就看到湖面上浮着密密麻麻的一大片野鸭子,只要他枪里有子弹,一枪放去,准能打上十几只野鸭子,这可够全家吃好几天呀!他赶紧蹲下来装子弹,可是野鸭子一看见猎人来了,呼啦一下子全飞上了天。

等猎人装好子弹,野鸭子全飞走了。猎人奋力去追,结果不仅没有追上,还摔了跟头。回家时,又碰上大雨,全身淋了个落汤鸡,他脏兮兮地回来了。

##  碰运气的工匠

从前有个工匠,以打制金属装饰品为主,挣的钱不多。工匠天天在想:"怎样才能靠自己的这点本事养活家人呢?"

有一天,皇帝出巡,头上戴的皇冠突然坏了。他只得叫贴身的侍臣问一下附近的百姓有没有会修皇冠的。

学会科学合理地投资。

工匠三下两下就把皇冠给修好了,皇帝赏赐给他丰厚的财物。

工匠回家时,遇到一只老虎,吓得他转身就逃。可他听到老虎的叫声中充满了痛苦,就大着胆子去瞧了瞧。老虎伸出爪子给工匠看。原来虎爪上扎了一根大竹刺,鲜血直流。工匠取出工具把竹刺给拔了出来。老虎用嘴扯了扯工匠的衣角,示意他不要走开。不一会儿,它衔来一头鹿放在工匠的面前,工匠高兴地收下了。

回到家里,工匠赶紧叫来妻子,说:"我们要发财了。"说完,他

将大门上原来的那块"打制金属装饰品"的牌子取下，换上了一块"专修皇冠兼拔虎刺"的牌子，结果生意变得越来越差，最后只好关门了。

## 不龟手之药

宋国有个人善于炮制防止冻裂的不龟手之药，他的家族靠这个祖传秘方，世世代代以漂洗丝絮为业，始终勤勤恳恳，披星戴月，但由于收入菲薄，生活总是很贫困。

有位远道而来的客人，听说有不龟手之药的秘方，愿以百金求购。这可是个大数目！不龟手之药的主人动心了，但想到祖传的秘方要卖出去，也是件大事，于是集合全家族的成员共商转让大事。大家七嘴八舌一番议论，最后总算统一了思想：祖祖辈辈以漂洗丝絮为生，收入太少，今天一旦出售药方，可以获取大笔金钱,何乐而不为？

于是全体成员一致同意把药方卖出去。

客人得到秘方以后,立即奔赴吴国,对吴王说,今后将士在寒冬打仗,再也不用为冻手犯难了。不久,越国大军压境,吴国告急,吴王委任此人统帅大军。

此时正值严冬,吴越两军又是进行水战。由于吴军将士涂抹了不龟手之药战斗力特别旺盛,因而大胜越军。班师回朝后,吴王大喜过望,颁诏犒赏三军,同时将献药之人视为有特殊贡献的统帅,割地封赏嘉奖他。

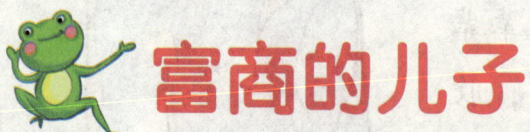

## 富商的儿子

富商有两个儿子,当富商快要离开这个世界的时候,他把所有的家产都平均分给了兄弟俩,有房产，还有地产。

但是两个儿子都很喜欢金钱。所以他们就把所有的财产都换成了金币。当然，这些金币的数量也是相同的。

大儿子比较保守，是个典型的守财奴，为人非常吝啬。他从不想失去每一次发财的机会。可是他又非常害怕损失自己的金钱。所以在把财产换成金币之后，他就在自己家的院里挖了个深坑，把换回来的金币藏了起来，并经常去查看金币有没有减少。

小儿子则不然，他非常喜欢做药材生意。于是就用其中一部分金币到处收购药材，然后到药材奇缺的地方卖。

一年以后，他手中的金币已经是当初的好几倍了。这时小儿子发现，父亲当初把所有钱都换成地产和房产是对的，只有这样才能使自己手中的财富保值、增值。于是他就去把原来卖出去的房产和地产又买了回来。

当老大听说这个消息后，十分不解。于是，他就去问弟弟，这样做，他自己还有钱吗？弟弟没有和他说什么，只是把哥哥带到自己的密室里。

老大一看，顿时惊呆了。只见满屋子都是金币，比自己那点多多了。他十分纳闷，难道弟弟的金币会生金币不成？

# 狐狸的信息

狐狸、狮子和狗在森林里寻找猎物。狐狸在动物王国里一直被视为智慧的象征,所以,狮子就问它:"狐狸,你能给我们提供点儿信息,好让我们美美地饱餐一顿吗?"

狐狸早就对隔壁的野猪心怀怨恨,它知道最近野猪受伤了,就说:"这两天野猪快不行了,干脆我们去把它结果了算了,我们从野猪的后面进攻，打它个措手不及。"于是，它们三个很顺利地结果了野猪的性命，美美地饱餐了一顿。

在信息时代，信息就是财富。不掌握信息往往会给自己造成损失。

狗看到在狐狸的建议下，没有费多大力气就获得了丰硕的成果，十分佩服狐狸。从此，对狐狸的话言听计从。

过了几天，狗抓到了一只野兔，狐狸看见后大惊小怪地说："你抓这东西干什么？兔肉有毒，吃了会丢掉你的小命的！"

狗一听连忙把野兔放下了，可是狐狸却把野兔叼起来就跑，并且边跑边说："我替你将它处理掉，免得它害大伙！"

# 酸葡萄

一只狐狸为了寻找食物已经走了整整一天一夜,但它仍然坚信自己能够找到食物。

它终于在山脚下看到一个农夫的篱笆墙里葡萄架上挂着一串串晶莹剔透的葡萄,这让饥肠辘辘的狐狸口水直流,它真想摘下几串,美美地吃上一顿。来到葡萄架下狐狸兴奋地跳了起来,但葡萄架实在太高了,它用尽全力跳了几次,越跳离葡萄越远。

看着架上的葡萄,狐狸想了一会儿,对自己说:"这里的葡萄还没有熟透呢,肯定是酸的。"想到这一点,狐狸心中似乎找到一点安慰,又开始上路,继续寻找它的食物去了。

# 聪明的狐狸

有一天,狐狸和兔子在一片收割过的田地里发现一袋农夫落下的玉米。它们非常高兴,心想,这下可有过冬的食物了。

于是它们高高兴兴地把这袋玉米带到田边,然后把这袋玉米分成两份,各自带了回去。

等到第二年秋天的时候,兔子对狐狸说:"今年我要是再捡到一袋玉米就好了,那样我今年冬天就可以和去年一样舒舒服服地过冬了。"

狐狸听了兔子的话,惊奇地问:"难道你把去年的玉米全都吃了不成?"

"是啊,难道你没有吃完吗?在

不要只享用眼前拥有的财富,要最大限度地开发财富的利用价值。

我看来玉米是最好的过冬食物啊!"兔子说。

狐狸笑了笑:"看来你今年不得不再去寻找食物过冬了。我把去年分的玉米找了块肥沃的地种了下去,今年收了更多的玉米,我以后不需要为过冬的食物发愁了。"

## 邻人献玉

魏国的一个农夫在犁田时发现了一块光泽碧透的异石。农夫不知是玉,便跑到附近田里请邻人过来观看,那邻人一看是块罕见的玉石,便起了歹心。他编了一套谎话对农夫说:"这是个不祥之物,留着它迟早会生出祸患。"

农夫想:"这么漂亮的一块石头,扔掉了多么可惜。"犹豫了一会儿,他决定把它拿回家去。那天夜里,宝玉忽然光芒四射,把整个屋子照得像白昼一样。农夫全家人被这种神奇的景象惊呆了。

农夫又跑去找那邻人,邻人趁机吓唬他说:"这就是石头里的妖魔在作怪。"听了这话以后,农夫急忙把玉石扔到了野地里。那邻人忙跑到野外把玉石搬回了自己的家。

对于别人的建议,要经过思索后再作决定,否则会损失惨重。

第二天,邻人拿这块玉石去献给魏王。魏王把玉工召来品评其价值。玉工说:"恭喜圣上洪福,您得到了一块稀世珍宝。"魏王问:"这块玉石值多少钱?"玉工说:"这是一件无价之宝。"魏王听后大喜,当即赏给献玉者一千两黄金。

## 家有"宝玉"

一个非常吝啬的守财奴有一次意外地发现了一块精美的玉石。他想,这可是一块"宝玉"啊,一定要小心谨慎地加以保管。

于是就花费巨资在自己的家中修了一个非常隐蔽而又豪华的密室,然后把这块宝玉放了进去。

由于对财富的痴迷，他每天都神志恍惚，担心有人偷走他的宝玉，所以不得不每天提心吊胆地守在密室里，唯恐心爱的宝玉消失了。

有一天，他家的柴房失火了，大家都惊慌失措，劝他赶紧去救火。可是，守财奴不但不去救火，反而赶紧跑到密室里，守护起心爱的宝玉来了。由于当时恰好是秋天，天干地燥，火势十分凶猛。很快，火势就控制不住了，大火弥漫开来，当大家劝守财奴赶快逃命的时候，他却怀疑是有人想夺取他的宝玉，不肯离开。

就这样，大火烧了一天一夜，把守财奴的房子全都烧掉了，他也被活活烧死了。

 ## 两兄弟与铁钉

对贫穷的兄弟以捡破烂为生。一天，兄弟二人沿着一条街道去捡破烂。可是这条街道平日里

点石成金的财富故事

学会在心中树立起储蓄的意识，对你会大有帮助。

被打扫得干干净净，没有任何废旧物品，只有一些一寸长的小铁钉。

老二不屑一顾地说："几个小铁钉能值多少钱？"但是，老大并不嫌弃，他弯腰一个个地拾了起来。走到了街尾，差不多捡到了满满一袋的铁钉。

老二有些后悔，等到他回头再想去找铁钉的时候，路上的铁钉都被老大捡完了。这时，兄弟俩发现街尾新开了一家收购店，门口挂着一块牌子写到：本店高价回收一寸长的旧铁钉。

老二更加后悔，他眼睁睁地看着老大用那些小铁钉换回了一大把钞票。店主问老二："孩子，难道你就一个铁钉也没看到？"老二沮丧地回答："我看到了。可那小铁钉并不起眼，我也没想到一路上会有那么多。"

## 等价交换

海龟宰相带领虾兵蟹将们打了一次大胜仗。在得胜回朝向东海龙王汇报时，东海龙王对海龟宰相卓越的指挥能力和高超的领导艺术极为满意。汇报工作结束后，海龟宰相还没有起身告辞的意思。

"龟宰相，你还有什么事吗？"东海龙王问。

"我……我从战场上收缴了几件自己非常喜欢的战利品。可在回宫时，被检查的士兵扣留了，它们说龙王您有令不允许私自截留战利品，可我，我真是特别喜欢那几样东西，所以请您能批准我领回那几件物品。"

"没问题。"东海龙王大笔一挥,就在海龟宰相拿出的物品清单上签了一行字。

海龟宰相大喜,可看完签字后,它对东海龙王说道:

"大王,您这里写错了吧,我的职位是宰相,您怎么写的是侍卫长呢?"

"没错,海龟侍卫长,这是等价交换。"

## 扫阳光

有兄弟二人,年龄不过四五岁,由于卧室的窗户整天关着,他们认为屋内太阴暗,看见外面灿烂的阳光,觉得非常好。

兄弟俩就商量说:"我们可以一起把外面的阳光扫一点进来。"于是,兄弟两人拿着扫帚和畚箕,到阳台下扫阳光。

等到他们把畚箕搬到房间里的时候,里面的阳光就没有了。

这样一而再再而三地扫了许多次。屋内还是一点阳光都没有。

正在厨房忙碌的妈妈看见他们奇怪的举动,问道:"你们在做什么?"

他们回答说:"房间太暗了,我们要扫点阳光进来。"妈妈笑道:"只要把窗户打开,阳光自然会进来,何必去扫呢?"

##  约翰和汤姆的选择

约翰和汤姆是一对好朋友,他们都希望有一天自己能成为百万富翁。他们听长辈们说,上帝是万能的,能帮助人们实

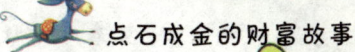

点石成金的财富故事

现梦想,于是,他俩就开始祈祷,祈求上帝给予帮助。有感于他们的诚意,上帝出现了,答应指点约翰和汤姆。

上帝在他们面前放了一百两金子和一张纸条,并告诉他们只要善于运用这两件东西中的任何一件,就可以成为百万富翁。

约翰选择了黄金,汤姆只好选择那张纸条。他打开纸条,上面写着:"珍视自己的闲暇,因为这是财富的秘密所在。"

选择了黄金的约翰,觉得自己已经成了百万富翁,他浮想联翩,无所事事,虚度时日。就这样,时间无声无息地从约翰身边流走了,黄金也用完了。

选择了那张似乎毫无价值纸条的汤姆。对上帝的忠告进行了很长时间的思考，最后他认为，上帝是对的。他在闲暇的时候搜集了各种致富信息，并给一些成功的理财大师写信，向他们请教如何致富，他还从小的投资开始，锻炼自己的理财能力。

三年以后，约翰早已穷困潦倒，汤姆却由于以前买的股票升值，拥有了很大的财富。

## 抉 择

两个樵夫在山里发现两大包棉花，两人喜出望外，当下两人各自背了一包棉花赶路回家。走着走着，其中一名樵夫看到山路上有一大捆布，他便和同伴商

量一同放下棉花，改背麻布回家。他的同伴认为自己背着棉花已走了一大段路，到这里再丢下棉花岂不枉费自己的辛苦，坚持不愿换麻布。樵夫多次劝告，同伴就是不听，他只得自己背起麻布继续前行。

又走了一段路后，背麻布的樵夫望见林中闪闪发光，待近前一看，地上竟然散落着黄金，他赶忙邀请同伴改挑黄金。他的同伴怀疑那些黄金不是真的，劝他不要白费力气，免得到头来一场空欢喜。

面临选择时，不要太固执，要敢于放弃，才能有所收获。

樵夫只好自己挑了两坛黄金和伙伴赶路回家。走到山下时，下了一场大雨，背棉花的樵夫肩上的大包棉花吸饱了雨水，重得无法再背得动，那樵夫只能丢下棉花，空着手和挑着黄金的同伴回家去。

## 悬崖边的金子

有个国王为美貌无双的女儿挑选驸马。经过层层考验之后,三名才貌双全的青年留了下来。

国王亲自召见这三个应征者。

国王问:"让你们每个人骑在马上去拾悬崖边的一块金子,你们会离悬崖多远而不至于跌落呢?"

"二公尺。"第一位说。

"半公尺"。第二位很有把握的说。

"我会丢弃金子,远离悬崖,愈远愈好。"第三位说。

国王对第三位的回答表示满意,结果,他娶到美貌绝伦的公主。

## 谷仓里的手表

**富**有的农夫巡视谷仓时,不慎将一只名贵的手表遗失在谷仓里。他没有找到,便定下赏金,要农场上的小孩到谷仓帮忙,谁能找到手表,就给谁五十美元。

小孩们在重赏之下,无不卖力地四处翻找,但是谷仓内到处都是成堆的谷料,要在这当中寻找小小的一只手表,实在像是大海

捞针。

　　小孩们忙到太阳下山仍无所获,终于放弃了五十美元的诱惑,相继回家吃饭去了。只有一个贫穷的小孩,在众人离开之后,仍不死心地努力找着那只手表,希望能得到赏金。

　　谷仓慢慢变得漆黑,小孩虽然害怕但仍不愿放弃。突然,他发现静下来之后,出现了"滴答"的声音。小孩

有时候,成功只在一念之间,关键看你有没有坚持不懈的毅力。

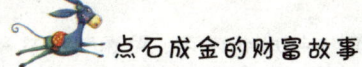

顿时停下所有动作,谷仓内更安静了。滴答声也响得十分清晰。小孩循着声音,终于在偌大漆黑的谷仓中找到了那只名贵的手表。

## 宝 盒

**有**一个穷人,欠了别人很多钱,导致没地方住,没东西吃。债主天天上门,逼他还钱。穷人被逼得没办法,真是叫天天不应,叫地地不灵。怎么办呢?只好逃走!

他身上穿着破衣,风一吹,就灌进胸膛,好冷!他的脚上穿着破鞋,一走路,沙子、石头戳到脚,好痛!最可怕的是肚子空空,好饿!就这样,还得走,走,走……

他跌跌撞撞走到郊外,无意间,踢到一个东西,原来是一个金光闪闪的宝盒。穷人心想:这回我可发财了!发财了!发财了!

"要小心地打开,可别让珠宝飞了!"他兴奋地说。于是,搓搓双手,轻轻地打开宝盖。

由于宝盒

上头有面镜子,穷人一看"哇!里面有人!"吓得他丢下宝盒落荒而逃。

因为穷人看见宝盒中有一个人,正贪心地、饥饿地望着他。

穷人赶快逃跑,跑了好远还一面拱手作揖一面道歉说:"我以为这盒子里没人呢,想不到你老兄住在里头!请别见怪呀!"

## 第十个儿子

一个富人有十个儿子。当他快要死去时,他郑重地向他们宣告,他有一千个金币,他会给他们每人一百个金币。

然而,他失去了一部分钱,只剩下九百五十个金币了。他给了九个儿子每人一百个金币,对最小的儿子说:"我只剩下五十个金币了,其中,我

还得拿出三十个金币作为丧葬费,因此只能给你二十个金币。但是我有十个朋友,我会把你托付给他们,他们要胜过一千个金币。"

富人把最小的儿子托付给了他的朋友们。不久以后,他就死了。富人的九个儿子各自走了,最小的儿子慢慢花着留给他的那些钱。当他只剩下最后一个金币时,他决定用它来招待父亲的十个朋友。

富翁的朋友们很高兴,纷纷说:"所有弟兄中他是唯一仍然关心我们的一个,他这么好心好意,我们也应该有所报答。"

于是,他们每人给了富人

朋友是人的一生中最珍贵的财富,是远胜于金钱的财富。

的小儿子一头怀着小牛的母牛和一些钱。等到牛犊生下，小儿子把它们卖掉，用那些钱做生意，变得比他的父亲更富有。

## 推销员与驼鹿

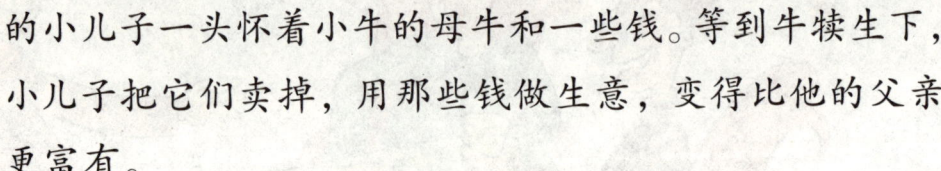

有一个推销员，他以能够卖出任何东西而出名。

他已经卖给过牙医一支牙刷，卖给过面包师一个面包，卖给过盲人一台电视机。但他的朋友对他说："只有卖给驼鹿一个防毒面具，你才算是一个优秀的推销员。"

为了证实自己的推销才能，这位推销员不远千里来到北方，那里是一片只有驼鹿居住的森林。"您好！"他对遇到的第一只驼鹿说:"您一定需要一个防毒面具。"

"这里的空气这样清新,我要它干什么!"驼鹿说。

"现在每个人都有一个防毒面具。"

"真遗憾,可我并不需要。"

"您不久后就会需要的。"推销员坚定地对驼鹿说。

随后,这位推锁员在驼鹿居住的林地中央,开始建造一座工厂。"你真是发疯!"他的朋友说"我只是想让你卖给驼鹿一个防毒面具。"推销员说:"不错,我就是要卖给驼鹿一个防毒面具。你放心,不久后就会有驼鹿主动买防毒面具的。"

不久后,工厂建成了,许多有毒的废气从大烟囱中滚滚而出。这时,那只驼鹿来到推锁员处对他说:"现在我需要一个防毒面具了。"

"这正是我想的。"推销员说着便卖给了驼鹿一个。"真是个好东西啊!"推销员兴奋地说。

驼鹿说:"别的驼鹿现在也需要防毒面具,你还有吗?"

"你真走运,我还有成千上万个。"

"可是你的工厂里生产什么呢?"驼鹿好奇地问。

"防毒面具。"推销员兴奋而又简洁地回答。

# 皮毛相依

从前,一个人将羊皮大衣反穿在身上,毛向内,皮却朝外,背上背着一筐喂牲口的草往回走。

过路碰见他的人感到很奇怪,就问他:"你为什么要反穿着羊皮衣,却把皮板露在外面来背东西呢?"

这个人回答说:"这件羊皮衣是最贵的东西了,我怕把毛露在外面让太阳给晒坏了。尤其是在背东西的时候,怕把毛给磨掉了。"

路人听见他的话,都感觉到很好笑,其中就有一个人非常认真地对他说:"你错了,知道吗?共实皮板要比毛更重要,因为皮板磨破了,毛哪里还有可以依附的地方啊?所

以你想'舍皮保毛'实在是一个错误的想法啊!"

可是,反穿皮衣的人却仍然执迷不悟,依旧反穿着心爱的皮衣。

## 钻石与石头

有一个非常富有的收藏家,他的家里有数以万计的珍宝,其中尤以钻石为多,都是世上少有的珍宝。

有一天,收藏家和朋友到山里去游玩。在一个突兀的峭壁上,他们发现了一块奇石。收藏家很喜欢,便费了一些工夫把它完整地切割下来,小心翼翼地带回家,摆在最显眼的地方。

钻石们当然很不服气,它们想自己的价值是何等尊贵,这块破石头有什么价值,竟然坐在最尊贵的地方,接受主人的朝拜。于是,钻石们一起向石头发起攻击,说:"破石头,滚回你该去的地方吧,这里只存放有价值的东西。你不配坐在这里。"

俗话说"物以稀为贵",意思是东西因为稀少才显得珍贵,要善于发现稀有资源的价值。

奇石笑笑看着它们，慢慢地说："你们有什么价值呢？你们之所以被人们视为珍宝，不过是因为在大自然中，你们储量比较少罢了。现在我在你们中间也一样是稀缺资源，正是稀缺才造就了我现在尊贵的地位。"

听了这些话，钻石们顿时哑口无言。

##  这哪是石头

一个屠夫饲养了一头牛。那牛总是养不好，越来越瘦，屠夫干脆把它宰了。

牛腹剖开以后，发现牛胆长着一块石头，大如鸡蛋，闪着棕黄色的光泽。

"该死的东西，原来是你在作怪，赶快给我滚

蛋！"屠夫随手就把胆石甩了。

不久，屠夫的妻子生了重病，高热神昏，口噤目呆，喉咙间痰声辘辘。屠夫慌忙把医生请来。

医生是位有名的郎中，他给屠夫的妻子仔细诊过脉，说："这是痰热内闭心包，急需牛黄清心开窍。"说着，取出一块胆石，磨下少许粉末，给病人灌服后，果然热退神清，病渐好转。

屠夫又感激又惊异，问道："先生，这石头治病，怎么有这样的神奇的功效？"

郎中笑笑，回答说："这哪是什么石头，你看它涂在指甲上能染成黄色，经久不褪；放在嘴里咀嚼，不粘牙齿，气味清香，它是一种珍贵药材，叫牛黄，要十头大黄牛才能换上一斤呢。"

屠夫一听，失声大叫起来。郎中惊奇地问："怎么啦？"

屠夫悔恨极了，说："这珍贵的牛黄，正是我前些日子当石头丢掉的呀！"

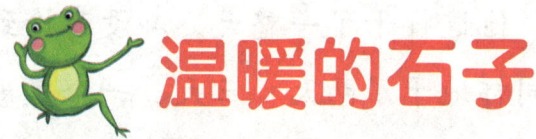

# 温暖的石子

有一个人苦苦追求财富，后来得到一个先知老人的指引：在遥远东方的海边上有一种点金石，

它是一块小小的石子,能将任何一种金属变成纯金。先知老人向他解释说,点金石就在海边的沙滩上,和成千上万的与它看起来一模一样的小石子混在一起,但秘密就在于:真正的点金石摸上去很温暖,而普通的石子摸上去是冰凉的。

于是这个人变卖了他为数不多的财产,买了一些简单的装备,经过长途跋涉终于到达海边,并在海边扎起帐篷,开始检验那些石子。

他知道,如果他捡起一块摸上去冰凉的石子,那就是普通的石子。如果随便将其扔在地上,他有可能成百次地捡拾起同一块石子。所以,当他摸着石子冰凉的时候,就将它扔进大海里。他这样干了一整天,却没有捡到一块是点金石,然后他同样地干了两天、三天、一个星期、一个月、一年、三年,但是他还是没有找到点金石。然而令人钦佩的是,他坚持不懈继续这样干下去,捡起一块石子,是凉的,将它扔进海里;又去捡起另一颗,还是凉的,再把它扔进海里，又捡起一颗……

有一天傍晚，他捡起一块石子，随即就它扔进了海里，当这块石子在海里溅起水花后迅速沉没在深海里时，他才发觉手中留有余温——原来那块石子是温暖的。

## 金锭和石头的区别

从前有个守财奴，他从不肯多花一分钱，平时他只啃馒头干，喝冷水，一年四季衣衫褴褛。凡是赚到的钱，他都一点点储存起来，盼着积少成多，有朝一日家财万贯。

有一天，他拿出所有的积蓄，买了一块大金锭。那天晚上，他担心金锭被人偷走，一整夜都不敢入睡。最后，他终于想出了一个万无一失的办法。

天刚蒙蒙亮时，他在院子里挖了一个深坑，把金

锭埋了进去。他觉得，即使窃贼潜入他家，也绝对不可能劫走他的宝贝。每隔几天，守财奴总要刨开土，从坑里取出金锭，捧在手里，呆呆地看上老半天，然后，再心满意足地把它重新埋好。

谁知，有一个人偶然发现了守财奴的这一秘密。一天夜里，他趁守财奴在呼呼酣睡时，悄然无声地跳进院子，挖出了金锭，然后又填上土，恢复了原样。

翌日，当守财奴刨开坑，发觉他的财宝不翼而飞时，不禁捶胸跺脚，号啕大哭起来。

正在那时，有一个行人路过，当他得知事情的来龙去脉后，不由得笑了笑，安慰守财奴道："你这傻瓜，原来是为这件事伤心啊。那太不值得了！其实，你不想想，当你有金锭的时候，你难道真的拥有它了吗？并没有，因为你把它埋到了泥土里。所以，你大可不必难过，你去把一块石头埋在那坑里，当它是金子不就完了！反正你又不想使用金锭做事，在泥坑里埋石头和埋金锭对你又有什么区别呢？"

# 大亨与女孩

有一位富翁去世后,在报刊上登了他的遗嘱:我曾经是一个穷人,在以一个富人的身份跨入天堂的门槛之前,我把自己成为富人的秘诀留下,谁若能回答"穷人最缺少的是什么"这个问题,我将把一百万元钱作为给他的奖金。

遗嘱刊出之后,有很多人寄来了自己的答案。这些答案五花八门。绝大部分认为,穷人最缺少的当然是金钱了;另有一部分人认为,穷人最缺少的是机会;还有的人说,

穷人最缺少的是帮助……

在这位富翁逝世周年纪念日的时候,他的律师在公证部门的监督下,公开了他致富的秘诀。他的答案是:穷人最缺少的是野心。

大胆地为自己树立远大的目标,只有敢想敢做,才能接近成功。

在所有答案中,只有一位九岁的女孩猜对了。为什么她能想到答案?在颁奖时,女孩说:"每次,我姐姐把她的男朋友带回家时,总是警告我说不要有野心!我想,也许野心可以让人得到自己想要的东西。"

## 最好的消息

一位著名的高尔夫球选手有一次赢得一场锦标赛,领到支票,他微笑着从记者的重围中走出来,到停车场开车准备回俱乐部。这时候一个年轻的女子向他走来表示祝贺,然后又说自己可怜的孩子病得很重,若得不到医治也许会死掉,而她却不知如何才能支付起昂贵的医药费和住院费。

　　高尔夫球选手被她的讲述深深打动了,他二话没说,掏出笔在刚赢得的支票上飞快地签了名,然后塞给那个女子。"这是这次比赛的奖金。祝你可怜的孩子走运。"他说道。

　　一个星期后,高尔夫球选手正在一家乡村俱乐部进午餐。一位职业高尔夫球联合会的官员走过来,问他一周前是不是遇到一位自称孩子病得很重的年轻女子。高尔夫球选手点了点头。

　　"哦,对你来说这是个坏消息。"官员说道,"那个女人是个骗子,她根本就没有什么病得很重的孩子。她甚至

还没有结婚哩!你让人给骗了!我的朋友。"

"你是说根本就没有一个小孩子病得快死了?"

"是这样的,根本就没有。"官员答道。

高尔夫球选手长吁一口气:"这真是我一个星期来听到的最好的消息。"

##  真正的美丽

有一个大财主,他有7个女儿,个个花容月貌,美艳绝伦。每当家里来了客人,他总是要把女儿们叫出来炫耀一番。大财主最想听到客人们的赞叹声,事实上每次客人们也的确都是赞叹不已。

有一天,来了一个客人,这位大财主照样把女儿们叫出来,然后问他:"我的女儿美吗?"

那位客人说:"这样吧,你让女儿们披上盛装,去各地街上行走3天。"

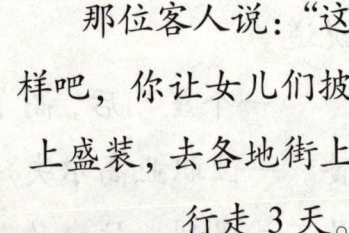

如果每个人都说她们美的话,我就给你500两黄金;只要有一个人说不美,你就输给我500两黄金,怎么样?"

财主动心了,心想:"这有何难?我的女儿们是公认最美的,而且还可以拿到黄金500两!"便欣然答应了。

他带着女儿们在各地游走,每个人都说她的女儿漂亮,眼看500两黄金就要到手了。最后一天,财主又带她们来见佛祖,得意洋洋地问:"佛祖,你说我的女儿们漂亮吗?"

佛祖不屑地答道:"不漂亮!"

财主非常不高兴,问道:"城里的人们都说我女儿漂亮,怎么就你一个人说她们不漂亮呢?"

佛祖回答道:"世人看的是面容,而我看的是她们的心灵。在我看来,身能不贪钱财,口能不说恶言,意能不起邪念,这样才是最美的!"

财主听了佛祖的话,灰溜溜地离开了。当然,他也输掉了500两黄金。那个和他打赌的人正是佛祖的弟子,他知道佛祖是怎样看待美的,到佛祖这里来是他为财主安排的最后一站。

# 小矮人们的力量

有一座城堡里关着7个小矮人,他们找不到任何人可以求助,没有粮食,没有水,7个小矮人越来越绝望。

小矮人中有一个叫阿基米德的,有一天他做了一个梦,梦见雅典娜告诉他,在这个城堡里的25个房间里,有一个房间里有一些蜂蜜和水;而在另外的24个房间里有石头,其中有240块玫瑰红的灵石,收集到这240块灵石,并把它们排成一个圈的形状,可怕的咒语就会解除。

团结力量大,拥有团队意识,学会团结协作,对你会大有帮助。

阿基米德迫不及待地把这个梦告诉了其他伙伴,其中4个人都不相信,只有爱丽丝和苏格拉底愿意和他一起去努力。但3个人无法统一意见,于是决定各找各的,几天下来,3个人都没有成果。

3个人没有放弃,失败让他们

意识到应该团结起来。他们决定，先找火种，再找吃的，最后大家一块找灵石。这个方法很灵验，3个人很快在左边第二个房间里找到了大量的蜂蜜和水。

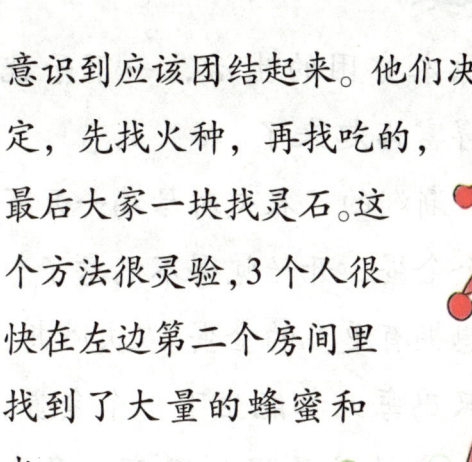

## 杀鸡取卵

**有**一个农夫，家里有一只奇怪的母鸡，一年多没有下过一个蛋。农夫就想，这肯定是一只不会下蛋的母鸡，就想把它杀了。

可有一天早晨，他突然听到自己的老婆在院里子大声地叫喊着："快来看啊，不得了，那只不会下蛋的母鸡今天下了金蛋！"

农夫赶紧来到鸡窝，仔细地观察这只蛋，发现果然是个金蛋，他非常高兴。从此，母鸡每天都要下一个金蛋，而且能卖非常高的价钱。由于有了会下金蛋的母鸡，农

夫原本穷困的生活,一下子就变得富裕起来了。

渐渐的,农夫对母鸡一天下一个金蛋,开始觉得不满意了。他想拥有更多的金蛋。农夫心想:这只鸡每天都能生下一个金蛋,那么它的肚子里一定有很多金子。于是,愚蠢的农夫就把母鸡杀了。但是,他却没有找到任何金子。

# 渔夫和小鱼

一位渔夫在河边打鱼,很长时间还没有打到一条鱼,渔夫有些失望,准备收网回家。这时水中好像有什么红红的东西倏忽一闪,"对,是一条小鱼。"渔夫兴奋地自言自语。他连忙撒下网,那条鱼就这样被捉住了。"唉!只可惜是一条小鲤鱼。"

"权当充数吧!"渔夫看

不要被花言巧语所迷惑,否则到手的财富就会付之东流。

着小鲤鱼说,"这也许是今晚的一个好兆头!"这条可怜的小鲤鱼对渔民说:"我能做什么菜呢?还不够您塞牙缝,把我放了吧。我是罕见的红色鲤鱼的后裔。就让我在水里再长长吧,好让我领略到作为一条鱼的快乐,等我长成大鱼。只要您在水边一个口哨,我就跳到您的鱼篓里,那时,还可卖个好价钱。不然的话,您得捉上百十条我这样的鱼,才能够勉强让您晚上不饿。"

渔民说:"鱼啊,你这么漂亮,还挺会说的,我甚至都想放你回去,看你长成大的红色鲤鱼会是个什么样子。可是你枉费口舌了,你还是到油锅里去吧,今晚我就会把你油煎了吃掉。"

# 大鱼与小鱼

小鱼问大鱼道:"妈妈,我的朋友告诉我,钓钩上的东西是最美味的,可是就是有一点儿危险。要怎样才能尝到这种美味而又保证安全呢?"

"我的孩子",大鱼说,"这两者是不能并存的,最安全的办法是绝对不去吃它。"

"可是它们说,那是最便宜的,因为它不需要任何代价。"小鱼说。

"这可完全错了,"大鱼说,"最便宜的很可能恰好是最贵的,因为它让你付出的代价是整个生命,你知道吗,它的里面裹着的是一只钓钩。"

"要判断里面有没有钓钩,必须掌握什么原则?"小鱼又问。

"那原则其实你都说了。"大鱼说。"一种东西,味道最美,又最便宜,似乎不用

点石成金的财富故事

付出任何代价,钓钩很可能就在里面。"

##  老鼠与蚌

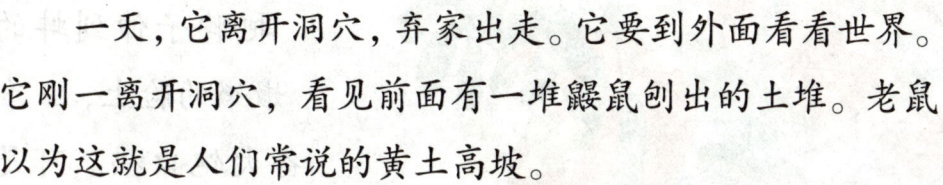

老鼠在乡下住了很多年,从来也没到过别的地方。

一天,它离开洞穴,弃家出走。它要到外面看看世界。它刚一离开洞穴,看见前面有一堆鼹鼠刨出的土堆。老鼠以为这就是人们常说的黄土高坡。

老鼠除了感叹高坡的高大外继续往前走。它来到海边,那里有一堆人们遗弃的牡蛎。老鼠看到牡蛎后,以为看到了船舷高高的大海船。

老鼠内心欢呼起来。它想:

"真是开了眼界了,看到了这么多新奇的事物。我爸爸太可怜了,它从来也没离开过家乡,这样过一生太可悲了。"

有一只蚌张开了它美丽的壳,肉嘟嘟的小嘴在壳的里面一动一动地呼吸着海边的新鲜空气,还冲着明媚的阳光打呵欠。

老鼠看见了这一切,它觉得蚌肉是那么

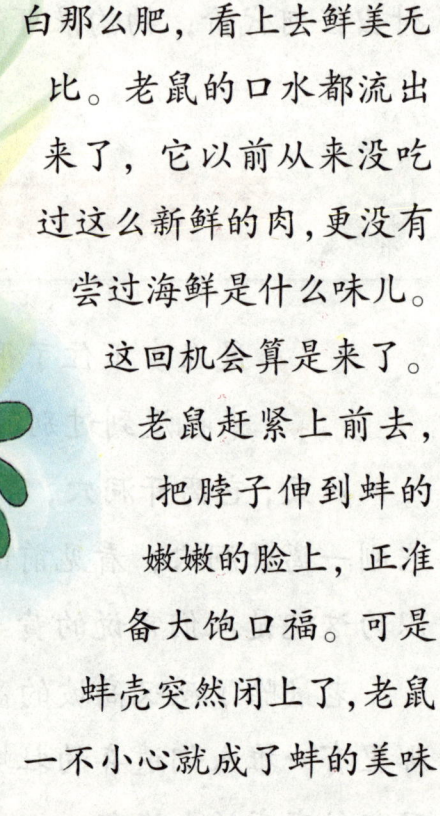

白那么肥,看上去鲜美无比。老鼠的口水都流出来了,它以前从来没吃过这么新鲜的肉,更没有尝过海鲜是什么味儿。这回机会算是来了。老鼠赶紧上前去,把脖子伸到蚌的嫩嫩的脸上,正准备大饱口福。可是蚌壳突然闭上了,老鼠一不小心就成了蚌的美味佳肴了。

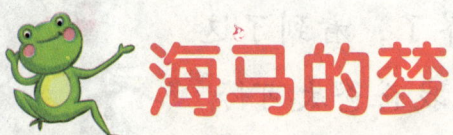

## 海马的梦

一天,海马做了个美梦,梦中有7座金山在呼唤它。为了这个冥冥中的召唤,它决定去寻找属于自己的财富,并且变卖了它全部的家当,带上了换来的7个金币。

但是,它觉得自己游得太慢,当它遇到了一条鳗鱼,它看到了鳗鱼背上的鳍,就用4个金币买了下来。尽管速度提高了许多,但是海马还没有看到梦中的金山。

追求目标,不能急于求成,也不能贪图眼前的利益。

半路上,它又看到了水母手中的快速滑行艇。为了提高自己的速度,海马忍痛用剩下的3个金币买下了这个小艇。这次它的速度提高了5倍,但是金山还是没有出现。

一条大鲨鱼出现在它的面前,大鲨鱼热情地说:"要是有我的帮助。你想游多快就游多快。我本身就是一艘风驰电掣的大船,你上船吧!"大鲨鱼一脸的友好和和善,张开了大嘴。

小海马高兴地说:"谢谢你!我就要找到金山了!"说完,就钻进了鲨鱼的口里……

##  死海的故事

**很**久以前,有许多河流注入死海,所以死海的水位一直在不断上涨。由于有活水流入,死海也显得生气勃勃。可是它却感到十分恼火,因为它觉得自己的海水原本是甘甜可口的,就是由于这些河流的汇入,才使得水里盐的浓度增加,所以它就对这些河流抱怨道:"我的水本是甘甜可口的,是你们将我变得咸涩而不可饮用。"

河流知道它是有意来责难的,便说:"那我们从此以后就再也不流到你这里了,你也就不会变咸了。"

就这样,以前流向死海的河流都改道了,可是死海的水非但没有因此而变得甘甜可口,反而更咸了。

而且现在更为致命的是，由于没有河流的不断注入，死海的水位开始下降，这时它才明白那些看起来让人生气的河流给予了自己的生命，可是为时已晚。

## 上帝与三个商人

三个商人死后去见上帝，讨论他们在尘世中的功绩。

第一个商人说："尽管我经营的生意几乎破产，但我和我的家人并不在意，我们生活得非常幸福快乐。"上帝听了，给他打了50分。

第二个商人说："我很少有时间和家人呆在一起，我只关心我的生意。你看，我死之前，是一个亿万富翁！"上帝听罢默不作声，也给他打了50分。

这时，第三个商人开口了："我在尘世时，虽然每天忙着赚钱，但我同时也尽力照顾好我的家人，朋友们很喜欢和我在一起，我们经常在一起钓鱼或打高尔夫球时，就谈成了一笔生意。活着的时候，人生多么有意思啊！"上帝听他讲完，立刻给他打了100分。

# 渔夫和金鱼

**从**前,有个渔夫,他每天都去钓鱼。有一天,他又拿着钓竿来到海边钓鱼,钓上来一条很大的金鱼。

金鱼对他说:"渔夫,请你放了我吧。我是中了魔法的王子。"他就把金鱼放回水里。渔夫回到家里把这件事告诉了妻子。

他妻子问:"难道你没有提什么愿望吗?"丈夫回答说,"我该提什么愿望呢?"

妻子说:"快去告诉他我们要一幢小别墅。"

渔夫来到海边说:"金鱼啊,我捉你、放你,却忘了提愿望,我妻子对此却不饶又不依。"

那条金鱼问道:"她想要什么?"渔夫说:"她想要一幢小别墅。"

"回去吧。"金鱼说:"她已经有一幢小别墅啦。"

渔夫便回家去了,他妻子已不再住在那个破破烂烂的渔舍里,原地上已矗立起幢小别墅,她正坐在门前的一条长凳上。

有一天,妻子突然说:"这房子太小了,叫它送咱们一座宫殿。"金鱼又满足了她的愿望。

第二天早晨,妻子又说:"咱们难道不可以当一当这个国家的国王吗?快去找金鱼,说咱们要当国王。"

渔夫只得走了出去,他站在海边说:"金鱼啊,我捉你、放你,却没提愿望,我妻子对此却不饶又不依。"

"她又想要什么呀?"金鱼问,渔夫回答说,"她要当国王。"

"回去吧,"金鱼说:"她的愿望已经实现了。"

渔夫回到家对妻子说:"你现在真的当上了国王,往后咱们就不用再要什么了吧?"

"那可不行。"妻子回答说,情绪开始烦躁起来,"去找金鱼去,告诉它我要控制太阳和月亮。"

渔夫无奈,又来到海边,对金鱼说了他妻子的愿望。

"回去吧",金鱼说。从此,渔夫和妻子又重新住进了那个破渔舍。

# 点石成金的财富故事